कर्ण तुम कहाँ हो

कर्ण तुम कहाँ हो

प्रलय भट्टाचार्य

ज्ञान गंगा, दिल्ली

प्रकाशक : ज्ञान गंगा, 205-सी चावड़ी बाजार, दिल्ली-110006
सर्वाधिकार : सुरक्षित / संस्करण : 2016 / मूल्य : तीन सौ रुपए
मुद्रक : नरुला प्रिंटर्स, दिल्ली ISBN 978-93-82901-59-4

KARNA TUM KAHAN HO *novel* by Pralaya Bhattacharya ₹ 300.00
Published by Gyan Ganga, 205-C Chawri Bazar, Delhi-110006

अनुपमा

मेरी गृहिणी, सचिव एवं

प्रेरणास्त्रोत को सप्रेम समर्पित

आभार

वर्तमान में लंदन निवासी प्रसिद्ध मनोचिकित्सक डॉक्टर पार्थो चौधरी के आवश्यक मनोचिकित्सा संबंधित परामर्श के लिए मैं उनका शुक्रगुजार हूँ। इस उपन्यास में उनका परामर्श मेरे लिए अत्यंत महत्त्वपूर्ण रहा। अतः उन्हें हार्दिक धन्यवाद! वाराणसी से प्रकाशित समाचार-पत्र आज के सामाजिक पृष्ठों पर यह उपन्यास धारावाहिक रूप में प्रकाशित होते समय पत्रिका के सामान्य प्रबंधक श्री अमिताभ चक्रवर्ती, सह संपादक श्री रामजी राजीवनजी एवं विशिष्ट पत्रकार श्री अमिताभ भट्टाचार्य से प्राप्त सहयोग के लिए मैं अपना आभार व्यक्त करता हूँ। इस परिवर्धित एवं संशोधित संस्करण 'कर्ण तुम कहाँ हो' की पांडुलिपि के संशोधन के साथ-साथ संपादन का दायित्व निर्वाह करने के लिए मैं 'आज' पत्रिका के उपसंपादक श्री शिवमूरत यादवजी के प्रति आभारी हूँ।

कर्ण तुम कहाँ हो

'लंच अवर' के बाद अपने चेंबर में पहुँचते ही अचानक फोन बज उठा। फोन उठाते ही रिसेप्शनिस्ट मिस चड्ढा ने कहा, "सर, परचेज डिपार्टमेंट के मिस्टर अभ्र राय 'नाट्य सदन' से रिंग कर रहे हैं। आपसे बात करना चाहते हैं।"

लाइन जोड़ देने के लिए मैंने कहा।

अभ्र हमारे स्टाफ रिक्रिएशन क्लब के सेक्रेटरी के अतिरिक्त नाट्य निर्देशक भी हैं। वे बहुत ही चतुर एवं बुद्धिमान नौजवान हैं।

आज हमारे 'डेनहम एंड कूपार' कंपनी का एनुअल डे है। शाम को अभ्र राय के निर्देशन में स्टाफ रिक्रिएशन क्लब के मेंबरों द्वारा एक नाटक खेला जाएगा।

दो दिन पहले ही अभ्र सभी अफसरों को अलग-अलग निमंत्रण-पत्र खुद आकर पहुँचा गया है। चूँकि इस साल मैं रिक्रिएशन क्लब का अध्यक्ष हूँ, अभ्र ने मुझे सपत्नीक नाटक देखने के लिए विशेष रूप से निमंत्रित किया है।

एक-आध बार मुझे रिहर्सल देखने के लिए अभ्र बुला भी ले गया था, लेकिन पूरा रिहर्सल देखने का मौका मुझे कभी भी नहीं मिला। फिर भी मैं समझ गया था कि अभ्र में निर्देशन की काबिलियत और कुशलता है।

लेकिन आज अचानक 'नाट्य सदन' से फोन करने का कारण नहीं समझ में आया।

"सर, मैं अभ्र बोल रहा हूँ। सर आपको, खयाल है न, आज हमारे स्टाफ

रिक्रिएशन क्लब द्वारा 'एक और कर्ण' नाटक खेला जाएगा। आपकी मेज पर शीशे के नीचे बाईं ओर कार्ड रखा हुआ है। आप आएँगे न?'' अभ्र ने बड़ी विनम्रता से पूछा।

''हाँ भाई, याद है। लेकिन साढ़े तीन बजे से एम.डी. ने एक मीटिंग बुलाई है। मालूम नहीं कब तक मीटिंग चलेगी—फिर भी उम्मीद करता हूँ कि तुम्हारा शो शुरू होने से पहले हॉल में पहुँच जाऊँगा।''

''एम.डी. भी आने की सम्मति दे चुके हैं। सर, मैं आपके लिए विशेष रूप से इंतजार करूँगा, क्योंकि हम लोगों ने निश्चय किया है कि अध्यक्ष के पहुँचने से पहले हम नाटक शुरू नहीं करेंगे।''

मैंने कहा था—''अरे नहीं-नहीं। ऐसा मत करना। लेकिन जब एम.डी. भी जाएँगे, तब मीटिंग जरूर तुम्हारा नाटक शुरू होने से पहले ही खत्म हो जाएगी।''

अभ्र ने कहा था—''काइंडली आप मिसेज सेन को भी लेते आइएगा। नए दृष्टिकोण से महाभारत के कर्ण और यूनानी कर्ण को देखकर उन्हें खुशी होगी।''

''ठीक है, लेता आऊँगा।''

''फोन रख रहा हूँ सर। सिर्फ आपको याद दिलाने के इरादे से ही नाट्य सदन से मैंने आपको फोन किया।''

अभ्र ने लाइन काट दी थी।

तब से लेकर शाम के पाँच बजकर पचास मिनट तक थोड़ी सी भी फुरसत नहीं मिली। वक्त पर एम.डी. के कमरे में हम सभी अफसरों को बुलाया गया। सेल्स मैनेजर, परचेज मैनेजर, पब्लिक रिलेशंस अफसर के रूप में मेरे और सभी डिपार्टमेंटल हेड्स के साथ एम.डी. ने एक फॉरेन असाइनमेंट पर जोरदार मीटिंग की।

मीटिंग के बाद घर पहुँचते-पहुँचते छह बजकर चालीस मिनट हो गए। एक मामूली ट्रैफिक जाम में फँस जाने से मुझे चिंता हो रही थी कि मैं अभ्र से किया हुआ वादा निभा पाऊँगा या नहीं।

घर लौटकर जल्दी-जल्दी फ्रेश होकर, एक कप चाय पी। फिर तितली

के साथ जब 'नाट्य सदन' में मैं पहुँचा, तब तिरछी नजर से कलाई घड़ी में देखा कि ठीक साढ़े सात बजे हैं।

हमारी गाड़ी के ठीक सामने ही एम.डी. की गाड़ी ने भी 'नाट्य सदन' के अहाते में प्रवेश किया।

अभ्र और कई लोग हमें रिसीव करने के इंतजार में थे। वे एम.डी., मुझे और तितली को लेकर हॉल की ओर बढ़े। दूसरे अफसर भी धीरे-धीरे आ गए। अफसरों की पत्नियों से आँख मिलते ही तितली ने किसी को 'नॉड्' किया, किसी को 'उईश' किया और किसी के साथ बातें करते हुए वह भी हॉल की ओर बढ़ने लगी।

अभ्र ने एम.डी. एवं मिसेज एम.डी को फर्स्ट रो के बाईं ओर बिठाया। मुझे, तितली परचेज मैनेजर प्रशांत और उसकी पत्नी तथा चीफ एकाउंटेंट उनकी अर्धांगिनी को फर्स्ट रो के दाईं ओर बिठाया।

अपनी सीट पर बैठने से पहले मैंने एक नजर में देखा कि हमारे स्टाफ और उनके परिवार के लोगों तथा अन्य निमंत्रित सज्जनों की भीड़ से पूरा ऑडिटोरियम खचाखच भरा है।

उद्घोषक अभ्र राय ने घोषणा की—"सज्जनो, हमारी संस्था, 'डेनियल एंड कूपार' के इस आनंद उत्सव यानी कि 'एनुअल डे' के अवसर पर हम सब आपका स्वागत करते हैं।" नाटक शुरू होने से पहले उन्होंने आदरणीय एम.डी. इंजीनियर डॉ. गुलाटी एवं संस्था के रिक्रिएशन क्लब के अध्यक्ष के नाते मुझे मंच पर आमंत्रित किया। फिर प्रोसिनियम के सामने ही एम. डी. एवं मुझे माला पहनाई गई, फिर अभ्र राय के कहने पर डॉ. गुलाटी ने बड़े सुलझे ढंग से कहा,"उपस्थित सज्जनो एवं सहयोगियो, आज का दिन 'डेनियल एंड कूपार' के लिए एक हर्ष का दिन है, क्योंकि उपस्थित दर्शकों को यह जानकर प्रसन्नता होगी कि हमारी संस्था के कर्मचारी व्यावसायिक कार्यों के अतिरिक्त दृश्य कला में अद्भुत कुशलता रखते हुए नाटक का भी मंचन कर सकते हैं। अत: मैं सभी कलाकारों को हार्दिक धन्यवाद देता हूँ। साथ ही, उपस्थित दर्शकों को भी उनकी सहायता एवं सहयोग के लिए आंतरिक धन्यवाद देता हूँ।"

मैंने भी उपस्थित दर्शकों एवं कलाकारों को धन्यवाद देने के बाद कहा कि ऐसे अवसर पर नीरस भाषण सुनना निरर्थक प्रतीत होता है, लेकिन निर्देशक एवं मंच संचालक ने मुझे दो शब्द कहने के लिए आमंत्रित किया, जिसके लिए वे बधाई के पात्र हैं। 'एक और कर्ण' नाटक की अभिनव विषयवस्तु, नाटक के लेखक एवं निर्देशन में निर्देशक ने जो परिश्रम किया है—उन सभी कार्यों के लिए उन्हें एवं अन्य कलाकारों को मैं विशेष रूप से बधाई देता हूँ। मैं दावे के साथ कह सकता हूँ कि 'एक और कर्ण' की तुलनात्मक विषयवस्तु आपकी उत्सुकता को अवश्य ही बनाए रखेगी एवं नाटक का अंत देखने के लिए आप भी मेरी तरह साँस रोककर इंतजार करने के लिए बाध्य हो जाएँगे।

अंत में अभ्र राय ने सबको धन्यवाद दिया और फिर डॉ. गुलाटी और मैं जैसे ही दर्शक-दीर्घा में अपने-अपने स्थान पर बैठे, नाटक शुरू हो गया।

परदा हटते ही देखने में आया कि यूनानी भवन निर्माण कला के अनुसार मंच को सजाया गया है। समझ गया कि अभ्र पहले यूनान की पौराणिक कथा से ही नाटक का प्रारंभ करेगा।

धीरे-धीरे यूनानी मंच संपूर्ण आलोकित हो गया। राजा इरेकथियस की इकलौती बेटी राजा की आँखों का तारा किशोरी क्रूसा एक चंचल हिरणी की तरह महल में दौड़धूप मचा रही है। मंच पर उसे एक तितली के पीछे दौड़ते हुए देखा गया। कभी वह उछल-कूद मचा रही है, कभी खिलखिलाकर हँस रही है। वास्तव में क्रूसा का सौंदर्य चौंकानेवाला है। अचानक संगीत, कला के देवता सूर्य, यूनानी अपोलो मंच पर प्रवेश करते हैं। क्रूसा आश्चर्यचकित होकर रुक जाती है और कहती है—"देवता अपोलो! प्रभु आप कैसे आ गए!"

मुसकराते हुए अपोलो ने कहा, "न, न, प्रभु मत कहो प्रिये। तुम्हारा सौंदर्य, तुम्हारी सजीवता ने मुझे इतना आकर्षित किया कि मैं अलिंपस में एकाकी रह नहीं पाया। विवश होकर मुझे अपना स्थान छोड़कर राजा इरेकथियस की बेटी क्रूसा के पास आना ही पड़ा।" अपोलो दोनों हाथों से क्रूसा के हाथों को पकड़ लेते हैं।

अपोलो के स्पर्श से किशोरी क्रूसा के मन में एक हलचल मच गई।

लिहाजा उसके चेहरे पर शर्म, आनंद एवं प्यार की अभिव्यक्तियाँ एक के बाद एक देखने को मिलीं। बड़ी मीठी आवाज में क्रूसा ने अपोलो से कहा, "आप मुझे स्पर्श न करो। मैं सारे बदन में एक अनास्वादित रोमांच महसूस कर रही हूँ।"

अपोलो ने कहा, "वसंत ऋतु की मंद-मंद हवाएँ जब फूलों पर से गुजरती हैं, तो फूल भी हवा से इसी तरह शिकायत करते हुए अपने को बचाने की कोशिश करते हैं।"

अपोलो को एकटक देखते हुए क्रूसा कहती है, "मैंने इतना रूपवान पुरुष पहले कभी नहीं देखा है। आपकी मुसकराहट मेरे मन में यह कैसी हलचल उत्पन्न कर दे रही है, अपोलो। मुझे यह दुनिया आज इतनी खूबसूरत क्यों लगने लगी है? एक मादकता उत्पन्न करनेवाली खुशबू मुझे इतना रोमांचित क्यों कर रही है?"

अपोलो की मीठी मुसकान देखकर और उनकी प्यार भरी बातें सुनकर क्रूसा को ऐसा आनंद महसूस होने लगा, जिसे उसने पहले कभी भी अनुभव नहीं किया था। उसे इस दुनिया का रूप, रस और खुशबू कुछ नई जैसी महसूस होने लगे।

धीरे-धीरे मंच की रोशनी कम होती गई और फिर कुछ क्षण के लिए मंच पर अँधेरा छा गया।

थोड़ी देर बाद जब मंच पर उषाकाल की रोशनी छाने लगी तो हमने देखा कि राजा इरेकथियस के महल और यूनानी भवन निर्माण कला के स्थान पर एक भारतीय वातावरण बन चुका है।

राजा कुंतीभोज के महल में अचानक महर्षि दुर्वासा हाजिर हुए हैं। सिर पर बालों की एक जटा समेटे ऊँचे कद के महर्षि दुर्वासा एक बेहद आकर्षक तपस्वी हैं।

महर्षि दुर्वासा ने राजा कुंतीभोज से कहा, "राजन, भिक्षा माँगकर आपके महल में कुछ दिन ठहरने की इच्छा मेरे मन में है। लेकिन महाराज, जब तक मैं आपके घर पर रहूँ, कोई भी मेरी इच्छा के विपरीत काम न करे और मेरी सेवा में भी आपसे कोई त्रुटि न हो।"

महर्षि दुर्वासा को देखते ही राजा कुंतीभोज काफी परेशान हो उठे, क्योंकि दुर्वासा के क्रोध के बारे में वह अनजान नहीं थे। उनकी ख्वाहिश सुनकर भयभीत होते हुए भी, बड़ी विनम्रता से महर्षि से उन्होंने कहा, "हे तपस्वी, यह तो मेरा सौभाग्य है कि आपने मेरे इस गरीबखाने में रहने की इच्छा व्यक्त की है। आपकी देखभाल में भी कोई कसर नहीं छोड़ी जाएगी। मेरी पुत्री पृथा आपकी सेवा करती रहेगी। मुझे पूर्ण विश्वास है कि पृथा की सेवा से आप प्रसन्न होंगे।"

अंत:पुर में आकर राजा कुंतीभोज ने पृथा से कहा, "मेरी प्यारी बेटी पृथा, एक बहुत बड़े तपस्वी मेरे घर में कुछ दिन ठहरना चाहते हैं। तुम्हें सारा ध्यान लगाकर महर्षि की सेवा करनी होगी।"

पृथा को साथ लेकर राजा कुंतीभोज दुर्वासा के पास पहुँचे। बड़े आदर के साथ उन्होंने उनसे कहा, "हे महर्षि, आपकी आज्ञानुसार मेरी प्राण से भी प्यारी पुत्री पृथा आपकी सेवा करती रहेगी।"

बेहद खूबसूरत कुंती को देखकर महर्षि दुर्वासा शायद अपना क्रोध भी भूल गए। विस्मित आँखों से वह कुंती को देखने लगे। उनके ओंठों पर हलकी-सी मुसकान देखने को मिली। राजा कुंतीभोज भी निश्चिंत हो गए।

करीब एक साल तक महर्षि दुर्वासा राजा कुंतीभोज के महल में ठहरे। कुंती की सेवा ने महर्षि को काफी प्रसन्न किया। महल छोड़कर जाने से पहले महर्षि ने कुंती को एक मंत्र सिखाकर कहा, "हे कल्याणी, इस मंत्र के बल पर तुम अपनी इच्छानुसार किसी भी देवता को आमंत्रित कर सकोगी।"

महर्षि दुर्वासा राजा कुंतीभोज के महल को छोड़कर चले गए ।

किशोरी कुंती ने एक दिन अपने बिस्तर पर बैठे-बैठे सूर्य की ओर देखा। कवच-कुंडलयुक्त सूर्यदेव को देखते ही अचानक उसे याद आ जाती है- महर्षि दुर्वासा द्वारा सिखाए हुए मंत्र की बात। मंत्र के प्रभाव को जाँचने की इच्छा से कुंती ने सूर्यदेव को आमंत्रित किया।

पलभर में सूर्यदेव कुंती के बिस्तर से सटकर खड़े हो गए।

सूर्य को उपस्थित देखकर किशोरी कुंती बेचैन हो उठी। शर्म और सकुचाहट से वह आँखें उठाकर सूर्यदेव की ओर देख तक नहीं सकी।

सूर्यदेव ने कुंती से प्रेम निवेदन किया। उनकी मीठी मुसकान और प्यार भरी बातें सुनकर कुंती एक ऐसा रोमांच महसूस करती है, जिसे उसने उससे पहले कभी भी महसूस नहीं किया था।

धीरे-धीरे मंच की रोशनी कम होती गई और फिर एकदम अँधेरा हो गया।

नाट्य-निर्देशक फिर हमें यूनानी पुराण के जोन में वापस ले गए। संपूर्ण हॉल के लोग निस्तब्ध होकर 'एक और कर्ण' नाटक का रस अनुभव कर रहे थे। यूनानी एवं भारतीय चरित्रों की पोशाक, मेक-अप एवं मंचसज्जा बहुत ही सटीक है। वास्तव में नाट्य-निर्देशक के रूप में अभ्र राय की योग्यता बेजोड़ मालूम पड़ रही है। सभी लोग महाभारत की घटनाएँ थोड़ी-बहुत जानते हैं, लेकिन यूनानी पुराण के साथ सामंजस्य रखते हुए अभ्र ने जिस तरह से नाटक को नियोजित किया है, उससे जानी हुई घटना भी कुछ नई-सी लग रही है। दर्शक मंच की ओर से निगाह हटाने में अपने को असमर्थ पा रहे हैं।

एक झलक मैंने तितली की ओर देखा। वह भी अपना सारा ध्यान नाटक पर केंद्रित करके भिन्न-भिन्न किरदारों के अभिनय देख रही है। बाएँ हाथ से तितली की बाँहों पर एक हलका-सा दाँव देते ही वह मुसकराकर मेरी तरफ देखी। आँखों से इशारा करके मुझे उसने समझा दिया कि उसे नाटक बहुत ही अच्छा लग रहा है।

यूनानी पुराण के जोन पर अपोलो और क्रूसा के प्यार का अभिनय होने लगा। अपोलो के प्यार से विह्वल होकर क्रूसा अपने को सँभाल नहीं पाती है। अपरिपक्व बुद्धि क्रूसा निषिद्ध फल खाने के लालच में फँस जाती है- अपोलो के प्यार भरे आलिंगन में। अपोलो की चौड़ी छाती पर क्रूसा अपना सिर टिका देती है।

प्रकाश व्यवस्था निर्देशक ने मंच की रोशनी घटाते हुए संपूर्ण मंच पर एक गुलाबी रोशनी बिखेर दी। फिर कई सेकेंड तक मंच पर अँधेरा करने के बाद, जब उन्होंने मंच को हलके नीले रंग की रोशनी से भर दिया, तो देखा कि क्रूसा की गोद में एक मासूम बच्चा है।

मंच पर अपोलो नहीं दिखाई पड़े।

असहाय ढंग से क्रूसा विलाप कर रही थी, ''देवता अपोलो, आपकी मीठी बातों से प्रभावित होकर मैंने आपके पास तक पहुँचने की इच्छा की, लेकिन आपने मेरे सम्मान को इस प्रकार से नष्ट कर दिया। अब मैं अपने पिता इरेकथियस से, अपने परिजनों के समक्ष कैसे अपना सम्मान बनाए रखूँगी! नहीं, नहीं, अपोलो, मैं आपके इस आशीर्वाद को अपने पास नहीं रख सकती हूँ। समाज की नजरों में किसी नारी के लिए विवाह से पूर्व ही मातृत्व प्राप्त करना अनुचित है, यह अभिशाप है, आशीर्वाद नहीं।''

वह रोने लगती है। उसके रोने की आवाज सुनकर उसकी खास दासी के अंदर आते ही वह उसे कहती है, ''नीरी, अपोलो के आशीर्वाद से मुझे एक बेटा मिला, लेकिन मैं लोकलाज से इसे अपने पास नहीं रख सकती हूँ। जाओ नीरी, इस बच्चे को ले जाकर एथेंस की किसी पहाड़ी गुफा में लिटा दो। इसके जन्म के बारे में किसी को भी पता नहीं लगना चाहिए। किसी को मेरे बच्चे के माँ-बाप के बारे में कभी जानकारी न होने पाए। हमेशा-हमेशा के लिए इसका परिचय धुंध में छिपा रहने देना।''

क्रूसा अपने बच्चे को अपने हाथ से सिले हुए वस्त्रों से ढककर एक टोकरी में सुला देती है और फिर टोकरी दासी नीरी को सौंपती हुई रुआँसी आवाज में कहती है, ''जा बेटा, तेरे जैसे बदनसीब को एक अभागिन माँ अपना लाड़-प्यार दे नहीं सकी। क्षमा करना बेटा अपनी माँ को, देवता अपोलो तेरी रक्षा करें।''

प्यार से बच्चे को चूमने के बाद क्रूसा ने उसे नीरी को सौंप दिया।

दासी टोकरी लेकर निकल जाती है। क्रूसा दुःखी होकर रोती रहती है। कुछ देर बाद दासी जब खाली हाथ वापस आती है तो क्रूसा उससे पूछती है, ''नीरी, मेरे बच्चे को एथेंस की गुफा में लिटा दिया है न! उसे कोई खतरा तो नही है?''

नीरी ने क्रूसा को आश्वस्त किया।

क्रूसा के शब्द थे—''देवता अपोलो उसकी रक्षा करें''

धीरे-धीरे यूनानी जोन पर अँधेरा छा गया।

क्रूसा की चरित्राभिनेत्री ने बड़ी ही कुशलता से एक माँ के हृदय की पीड़ा, अपनी संतान को विसर्जित करने की वेदना को अपने अभिनय से उजागर किया। मैंने अंदाज लगाया कि अभिनेत्री एक पेशेवर मंच-नायिका है और अपने को चरित्र के साथ मिला लेने में भी माहिर है। यदि वह माहिर नहीं होती, तो ऐसा अभिनय किसी शौकीन अभिनेत्री से संभव नहीं हो पाता।

उधर फिर प्रकाश व्यवस्थापक ने डिमर की मदद से भारतीय पुराण के जोन में हलकी-सी रोशनी ला दी।

किशोरी कुंती सूर्यदेव के प्रणय संभाषण से पिघल गई। सूर्यदेव ने कहा, "हे सुरूपिनी मंत्र के प्रभाव से मैं तुम्हारे वश में आ गया हूँ। बोलो, मुझे क्या करना है?"

किशोरी कुंती बेचैन हो उठी। वह तो सिर्फ महर्षि दुर्वासा के मंत्र की शक्ति की जाँच करना चाहती थी। सूर्यदेव से कुंती ने यह बात कही, लेकिन कुंती की बातों को कोई महत्त्व न देकर सूर्यदेव ने कहा, "मुझे मालूम है कि मेरे जैसा ही कवच-कुंडल युक्त एक पुत्र प्राप्त करने के लिए तुम उत्सुक हो। हे कल्याणी, तुम्हारी अनुमति मिलते ही मैं ऐसा एक पुत्र तुम्हें दे सकता हूँ।"

भयभीत किशोरी कुंती ने कहा, "आर्य, आप से शादी किए बगैर, माता-पिता से अनुमति लिये बिना मैं कैसे आपकी संतान की जननी बन सकती हूँ। आप मुझे क्षमा करें। हे सूर्यदेव, मैं अपनी कन्यकावस्था नष्ट नहीं कर सकती हूँ।"

लेकिन सूर्यदेव किशोरी कुंती के आमंत्रण पर ही उसकी शय्या के पास आए हैं। उन्होंने कुंती को सांत्वना दी, "मैं तुम्हारी कन्यकावस्था को बिना नष्ट किए ही तुम्हें कवच-कुंडलयुक्त एक वीर पुत्र प्रदान कर सकता हूँ।"

कुंती अपने को और सँभाल नहीं पाई। वह भी सूर्यदेव को अपने आगोश में पाना चाहती थी। वह राजी हो गई।

सूर्यदेव के कुंती के नाभिदेश स्पर्श करते ही, सूर्यदेव के प्रखर तेज से प्रभावित होकर कुंती अचेत हो गई। वह सूर्यदेव के विशालवक्ष से सिमट गई।

प्रकाश व्यवस्थापक ने फिर उसी यूनानी जोन की तरह धीरे-धीरे मंच पर रोशनी कम की और सारे मंच पर एक गुलाबी रोशनी छा गई। फिर चंद लम्हों तक मंच को अंधकार में डुबो देने के बाद धीरे-धीरे मंच को जब नीली रोशनी से उज्ज्वल किया तो कुंती की गोद में एक छोटा सा बच्चा देखा गया।

सूर्यदेव मंच पर दिखाई नहीं पड़े।

परेशान किशोरी कुंती की आँखों से आँसू की धारा अनवरत बह रही थी। लोकलज्जा से बचने के लिए किशोरी कुंती धात्री से सलाह-मशविरा करने लगी। अंत में धात्री की सलाह के अनुसार बच्चे को ढेर सारे वस्त्रों से ढककर, एक लकड़ी के बक्से में उसे लिटाकर अश्व नदी में बक्से को बहा दिया।

कुंती के चरित्र को निभानेवाली अभिनेत्री ने गजब का अभिनय किया। क्रूसा और कुंती के चरित्रों को निभानेवाली अभिनेत्रियों की कुशलता की तुलना करने पर किसी को कम नहीं कहा जा सकता है। दोनों ने बहुत ही यथार्थ अभिनय किया।

परदा गिरा। दस मिनट के लिए मध्यांतर घोषित हुआ। इतनी देर तक नाटक देखने में मैं इतना मशगूल रहा कि तितली की तरफ निगाह तक नहीं डाल सका। ऑडिटोरियम की बत्ती जलते ही देखा कि तितली की दोनों आँखों से आँसू टपक रहे हैं। सारा बदन पसीने से लथपथ हो गया है।

मुझे लगा कि नाटक के पात्रों के अभिनय ने तितली पर बहुत असर डाला होगा। एयर-कंडीशंड हॉल में भी तितली को आराम नहीं मिल रहा है।

मैंने पूछा, "क्यों जी, तुम्हें काफी तकलीफ हो रही है क्या? एयर-कंडीशंड हॉल में भी तुम्हें इतना पसीना क्यों हो रहा है?"

तितली के जवाब देने से पहले ही ऑफिस बेयरा रामजी पांडेय कोल्ड ड्रिंक्स लेकर हमारे सामने हाजिर हो गया। तितली को पसीने से तर देखकर उसने बड़े अदब से मुझसे कहा, "साब, कसूर माफ कीजिएगा। आप मेमसाब को बाहर खुली हवा में ले जाएँ। शायद उन्हें तकलीफ हो रही है।"

मैं भी यही सोच रहा था। बगल में बैठे परचेज मैनेजर प्रशांत बोस से तितली की अनइजी फीलिंग के बारे में कहकर थोड़ी देर के लिए मैं तितली को हॉल से बाहर ले आया।

एस्टाब्लिशमेंट के कुछ नौजवान बाहर खड़े-खड़े सिगरेट पी रहे थे। तितली के साथ मुझे बाहर आते हुए देखकर मलय कुंडू आगे बढ़ आया। पूछा, "कुछ चाहिए सर?"

मैंने कहा, "नहीं भाई। लग रहा है कि हॉल के स्टफी एटमॉसफियर में मिसेज को कुछ तकलीफ हो रही है। इसीलिए, थोड़ी देर के लिए खुली हवा में निकल आया।"

मलय ने कहा, "आइए सर, इधर एक कमरा बिलकुल खाली है। दस मिनट पंखे के नीचे बैठना शायद मैडम को अच्छा लगे।"

ग्रीनरूम के बगल में फुल स्पीड में चलते हुए पंखे के नीचे बैठकर, एक चिल्ड कोल्ड ड्रिंक पीने के बाद तितली को कुछ राहत मिली।

तितली को कुछ स्वस्थ देखकर मैं कुछ निश्चिंत हुआ।

मैंने पूछा, "डार्लिंग, तुम्हें ऐसा क्यों हो गया? प्रेशर चढ़ गया है? घर चलोगी?"

तितली ने कहा, "नहीं, नहीं, आप फिकर मत करें। क्रूसा और कुंती का अभिनय इतना सुपर्ब हो रहा है कि वास्तव में दिल को छू गया। आप फिकर मत करें—अभी ठीक हो जाएगा।" आँखें मूँदकर तितली ने कुरसी से पीठ सटा दी।

तितली को आराम करने का मौका देकर मैं कमरे से बाहर निकल आया।

बाहर आते ही मैंने एक सिगरेट जलाई।

जब मैं जवान था, बहुत से नाटकों में मैंने अभिनय किया था। शायद इसीलिए आज भी नाटक मेरी कमजोरी है।

किस्मत की वजह से ही—संयोग से आज मैं बहुत बड़ा आदमी बन गया—चाहते हुए भी स्टैंडर्ड के कारण काफी चीजों से अपने को दूर रखना पड़ता है। लेकिन हमेशा तो ऐसा नहीं रहा।

पच्चीस-छब्बीस साल तक मैंने मनमानी की है। मध्यमवर्ग का आदमी रहा। जीवन का प्रारंभ बनारस में बीता। बाबूजी काशी हिंदू विश्वविद्यालय के इंजीनियरिंग कॉलेज में केमिस्ट्री के रीडर थे। अध्ययन-अध्यापन के अलावा बाबूजी का एकमात्र शौक था—ज्योतिष चर्चा। अपने परिचितजनों की भाग्य गणना करके वे आनंद अनुभव करते थे।

जब मैं पच्चीस साल का था, बाबूजी ने माँ से कहा था, "अजी सुनती हो, तुम्हारे बेटे के नसीब में स्त्री-भाग्य से धन है, लेकिन कुछ काँटे भी रहेंगे।"

माँ ने कहा था, "ऐसे धन की जरूरत नहीं है। लेकिन जब काँटे हैं—आप कह रहे हैं—क्यों नहीं उसे हटाने का कोई इंतजाम आप करते हैं?'

बाबूजी ने कहा था, "नहीं जी, नहीं। नसीब बदला नहीं जा सकता है।"

लेकिन मैंने आज तक किसी भी काँटे की चुभन महसूस नहीं की। तितली और मैं बहुत सुखी हैं। ऐसी बात नहीं कि हमें कोई दुःख नहीं है। मेरे दिल में एक दर्द है, शायद तितली के दिल में भी है। हमारे पास कोई संतान नहीं है। हालाँकि हमारी शादी हुए चौदह साल बीत गए, लेकिन आज तक तितली ने कभी भी संतान के जन्म का थोड़ा सा भी संकेत नहीं पाया है।

एक बार मैं तितली को बिना बताए ही डॉक्टर से मिला था। मेरे डॉक्टर दोस्त ने मेरी जाँच करने के बाद मजाक में कहा था—"अरे, बलीबर्द जैसा तेरा तेज है-एक नहीं, जुड़वाँ बच्चा तू पैदा कर सकता है। अपनी पत्नी की जाँच किसी गाइनोकोलॉजिस्ट से एक बार करवा ले।"

लेकिन मैं तितली की जाँच नहीं करवा सका। कई बार मैं तितली को गाइनोकोलॉजिस्ट के पास ले जाना चाहा—वह कभी भी जाने के लिए तैयार नहीं हुई। उसका कहना है, "अगर नसीब में बच्चा नहीं है तो डॉक्टर क्या करेगा?"

सिर्फ इस दुःख के सिवाय, हम काफी प्रसन्न रहते हैं। मैं रहा मध्यवर्ग का—लेकिन आज धनी सुमन सेन के रूप में काफी ऐश-ओ-आराम के दिन गुजार रहा हूँ। मैं कभी नहीं भूल सकता हूँ कि मेरे धनी होने के पीछे तितली और मेरे श्वसुरजी ने कितनी अहम भूमिका निभाई है।

रईस बाप की इकलौती बेटी थी तितली। बचपन में ही माँ के स्वर्गवास

हो जाने के कारण तितली ससुरजी की आँखों का तारा थी। उनके देहांत के बाद उनकी चल-अचल सारी संपत्ति हमें मिली।

देहांत होने से पहले ही उन्होंने तितली के नाम से बैंक में करीब दो लाख रुपए जमा कर दिए थे और फिर उनके देहांत के बाद उनका सारा रुपया हमारे खाते में ही जमा होता गया। आज हमें पैसे के लिए सोचना नहीं पड़ता है, कोई फिक्र भी नहीं है।

लेकिन हमारा साउथ-एवेन्यू का ढाई हजार स्क्वायर फीट क्षेत्रफल का फ्लैट हमेशा सूना-सा लगता है। एक चंचल गोल-मटोल बच्चा या एक फुरतीला किशोर अगर रहता···

मध्यांतर समाप्त होने की घंटी बजी। तितली भी कमरे से बाहर निकल आई है।

उसने कहा, "चलिए, नाटक देखने चलें। आपके स्टाफ के लोग बहुत बढ़िया नाटक खेल रहे हैं।"

मैंने कहा, "महिलाएँ हमारे दफ्तर की नहीं हैं। लगता है वे प्रोफेशनल हैं, लेकिन वास्तव में क्रूसा और कुंती दोनों का अभिनय बेजोड़ है।"

ऑडिटोरियम में लौटकर अपनी-अपनी सीटों पर बैठते ही थिएटर हॉल अँधेरा हो गया।

प्रशांत ने पूछा, "मिस्टर सेन, मिसेज सेन इस वक्त कैसी हैं? इज़ शी वेल नाऊ?"

मैंने कहा, "थोड़ी सी राहत मिली है।"

सामने की ओर निगाह पड़ते ही देखा धीरे-धीरे मंच का परदा खुल रहा है।

मुझे याद नहीं है कि पिछले चौदह साल में सुमन के साथ मैं कितने नाटक और फिल्में देख चुकी हूँ, पर आज जैसी मानसिक प्रतिक्रिया कभी नहीं हुई।

आज अचानक ऐसा क्यों हो गया? अवचेतन की गहराई में जो बात

गायब हो चुकी थी, अचानक अनजाने में वहाँ चुभन लग जाने से ही क्या मेरी तबीयत बिगड़ने लगी थी?

पति के रूप में सुमन लाजवाब है। हमेशा प्रसन्न, एक सज्जन आदमी। उनका कहना है, ''जीवन में सुख-दुःख, रोग-शोक, तकलीफें हमेशा आती रहती हैं और आती रहेंगी भी। लेकिन उन सब बातों के बारे में सोचकर जिंदगी को असह्य बना लेना ही क्या बुद्धिमानी है? अपना काम ईमानदारी से करो—फिजूल की सोच से अपने दिमाग पर बोझ मत बढ़ाओ। खाओ-पीयो, मस्त रहो। हँसी-मुसकान से अपनी जिंदगी भर दो। किसी ने कहा था न, 'हँस लो बेटा, दो ही दिन तो हँसना है।' समझी तितली, मैं भी वैसे ही सिद्धांत पर यकीन करता हूँ।''

सही में, सुमन जितना देर घर में रहते हैं, खुशी से सुगबुगाते रहते है, हँसी-मजाक से मन बहलाते रहते हैं। घर में सिर्फ हम दो ही प्राणी हैं, लेकिन जब तक सुमन घर पर रहते हैं, मैं महसूस नहीं कर पाती कि हम सिर्फ दो ही हैं।

सुमन मुझे जितना प्यार करते हैं, उतनी ही मेरी बातों को महत्त्व देते हैं। आज तक कभी भी मेरी मरजी के खिलाफ उसने कुछ भी नहीं किया है।

कभी-कभी एक बुरी बात भी मेरे दिमाग में आती है। क्या बाबूजी की तमाम जायदाद जो मिली है या मेरे खाते में जो रुपए जमा हैं, उसी लालच में सुमन मेरे आज्ञाकारी तो नहीं बने रहते हैं?

जानती हूँ, ऐसी बातें मुझे सोचनी भी नहीं चाहिए, क्योंकि यह झूठ है। फिर भी मन और मन की सोच तो बेलगाम ही है। मुझे पूरा यकीन है कि सुमन मुझे हद से ज्यादा प्यार करता है और शायद इसीलिए वह मेरा आज्ञाकारी भी है।

एक मल्टी-नेशनल कंपनी के एक्सिक्यूटिव के रूप में सुमन का गजब का व्यक्तित्व है। दफ्तर में उसकी काफी चलती है। उसके मधुर व्यवहार के चलते सब लोग उनसे बहुत प्यार करते हैं।

सिर्फ इस मधुर व्यवहार की वजह से ही तो मैं भी सुमन से प्यार किए बिना रह नहीं पाई। सच कहूँ तो शादी के वक्त या उसके बाद भी थोड़े दिनों

तक सुमन से मेरा कोई लगाव या प्यार कुछ नहीं था। मैं बाबूजी की मरजी के खिलाफ जा नहीं सकी थी, लिहाजा सुमन से शादी करने के लिए मैं मजबूर हो गई।

लेकिन थोड़े ही समय बाद मुझे एहसास हो गया था कि बाबूजी आदमी पहचानने में बहुत माहिर थे। मासूम बच्चे जैसे सुमन को सँभालते-सँभालते मुझे खुद मालूम नहीं हुआ कि मैं कब सुमन से प्यार करने लगी थी। उसे प्यार किए बगैर मैं रह न सकी।

फिर भी सुमन के सामने अपने दिल को आज तक मैं क्यों नहीं खोल सकी? हजार कोशिशों के बावजूद सुमन की तरह अपने दिल के सभी खिड़की-दरवाजे क्यों नहीं मैं खोल पाती हूँ?

मध्यांतर के समय मेरी आँखों में आँसू देखकर, मुझे पसीने से लथपथ देखकर सुमन के चेहरे पर जो घबराहट मैंने देखी थी, उसमें कोई कपट नहीं था। मेरे प्रति सुमन का प्यार अगर यथार्थ नहीं होता तो मेरी इस मामूली अस्वस्थता को देखकर सुमन इतना परेशान नहीं होता। वास्तव में बड़ी किस्मत से मुझे सुमन जैसा पति मिला है।

इस वक्त इस छोटे से कमरे में पंखे के नीचे बैठकर, कोल्ड-ड्रिंक पीने के बाद मुझे काफी राहत मिली है, लेकिन अपनी इस परेशानी की वजह मैं कैसे सुमन से कहूँ? मेरी शर्म, मेरी हिचकिचाहट हमेशा-हमेशा मेरा गला घोंटकर रख देती है। सुमन की तरह मैं तो कभी भी अपने बचपन से लेकर शादी की पहली रात तक की सारी बातें दिल खोलकर सुमन को सुना नहीं पाती हूँ।

सुमन ने अपनी जिंदगी की कोई भी घटना मुझसे नहीं छिपाई। अपने स्कूल एवं कॉलेज लाइफ में किस दोस्त के साथ उसकी सबसे गहरी दोस्ती रही, फुटबॉल के मैदान में मार-पीटकर किसका सिर फोड़ डाला था, सत्रह साल की उम्र में किराएदार की लड़की के साथ उसका 'कफ लव' किस मुकाम तक पहुँच चुका था—सुमन ने सारी बातें मुझसे कही थीं।

सुहाग रात में ही पहली बार चुंबन करते समय सुमन अचानक कह उठा था, "यह हुई तीसरी बार।"

मैं चौंक उठी थी। मुझे नहीं मालूम सुमन ने गौर किया था या नहीं, लेकिन मैं फीकी पड़ गई थी। अपनी हालत मैं खुद समझ रही थी—मेरे तो होश ही उड़ गए थे।

लेकिन थोड़ी ही देर में मेरी सारी आशंकाओं को दूर हटाते हुए सुमन ने कहा था, "सत्रह साल की उम्र में छत पर जानेवाली सीढ़ी के सन्नाटे में खड़े होकर किराएदार की लड़की को पहला चुंबन किया था। उसके बाद इक्कीसवें साल में दूसरी और आज पच्चीस साल की उम्र में तीसरी बार तुम्हें चूमा। पहले दो बार गैर कानूनी काम किया था, इसलिए रिश्ते टूट गए। लेकिन आज तीसरी बार अपनी लीगल वाइफ को चूमा, जरूर यह रिश्ता पक्का बन जाएगा।"

ऐसे ही अजीब आदमी हैं मेरे पति सुमन। कोई लुकाछिपी नहीं। कोई शर्मो-हया नहीं। हर बात में सुमन की स्पोर्टिंग स्पिरिट मुझे देखने को मिलती है। अगर पसंद नहीं आती है, तो कहते हैं—"सॉरी, मैडम, आई.एम. हेल्पलेस। आई कांट बी गिल्टी टू माई कॉनसाइंस।'

इतना फ्री और फ्रैंक होने की वजह से ही तो दमयंती नाम की एक पंजाबी लड़की से अपने प्यार का सारा वर्णन सुमन ने खुलकर मेरे सामने रख दिया था।

बात उस समय की थी, जब सुमन बनारस हिंदू विश्वविद्यालय में अर्थशास्त्र से एम.ए. कर रहा था। उस वक्त सुमन फाइनल में था। फाइनल के छात्र-छात्राओं द्वारा प्रीवियस के छात्र-छात्राओं को एक रिसेप्शन दी जा रही थी। वहीं पर सुमन ने दमयंती को देखा। उसका गीत सुनकर सुमन उस पर फिदा हो गया।

सुमन ने कहा था—"जानती हो तितली, दमयंती को मैंने देखा और एकदम चारों खाने चित। उन दिनों, तुम्हें मालूम है न, एक अंग्रेजी फिल्म लगी थी 'कम सेप्टेंबर'। उस फिल्म में एक बहुत ही एक्साइटिंग म्यूजिक था। मुझे लगता था कि हर पल उसी म्यूजिक का रिदम् मेरे दिल में बज रहा है। तुमने सुना है न? करीब-करीब ऐसा ही था—'ट...र...र...र... ट...र...र...र...ट...र...र...ट', कूद फाँदकर नाचने लगा था सुमन।

उसकी हरकतें देखकर मैं हँसते-हँसते लोटपोट हो गई थी। एकदम छोटे बच्चों जैसा मासूम। फिर वह और विस्तार में गया।

"उस समय मेरे दिमाग में सिर्फ एक ही बात थी—हर हालत में मुझे दमयंती चाहिए। अगर दमयंती की जिंदगी में राजा नल कभी भी आते हैं तो मेरे सिवाय वह और कोई नहीं होगा।

खुद ही जाकर दमयंती से परिचय किया। खैर, उन दिनों देखने में भी मैं कोई बुरा नहीं था। यूनिवर्सिटी ब्लू रहा। क्रिकेट, फुटबॉल, टेनिस— हर खेल का मैं एक जबरदस्त खिलाड़ी। सोशल गैदरिंग में नाटक खेलता रहा, गीत गाता रहा।

"इसलिए तुम समझ ही सकती हो कि दमयंती को अपने कब्जे में लाने के लिए मुझे अधिक मेहनत नहीं करनी पड़ी। दोस्तों के बीच हम दोनों काफी चर्चा के विषय बन चुके थे।"

"सबसे मजे की बात क्या थी जानती हो? अगर मैं या दमयंती एक दिन अनुपस्थित रहते···, तो सभी दोस्त दूसरे को तलाश किया करते थे।"

"उसी दमयंती को साथ लेकर फाइनल परीक्षा से पहले एक दिन मैं सारनाथ घूमने गया। जब शाम ढलने लगी थी, धम्मेक स्टूप के पिछवाड़े सन्नाटे में खड़े होकर गौतम बुद्ध को साक्षी मानकर दमयंती को आलिंगन करके मैंने पहली बार- आई मीन, जिंदगी में दूसरी बार किसी लड़की को चूमा था।"

"लेकिन जानती हो तितली, मेरे कैलकुलेशन में बहुत बड़ी गलती हो गई। मैने एक ऐसे आदमी को गवाह रखा था, जो गृहस्थी छोड़कर चले गए थे। अपने प्यार से यशोधरा ही सिद्धार्थ को घर पर बाँधकर नहीं रख सकी— वही व्यक्ति गौतम बुद्ध बनकर मेरे लिए क्या कर सकते थे?"

"सारी बातें मेरे लिए उलट गईं। दमयंती से शादी करके मैं नल के पोस्ट पर पहुँचना चाहता था, लेकिन पंजाब की शेरनी ने मेरे सीने पर लात मारकर पंजाब के गुरुवचन का हाथ थामकर एक हफ्ते के अंदर अमृतसर चली गई। मुझे जरा सा समझने तक नहीं दिया था कि उसकी शादी पहले से ही तय हो चुकी थी। मुझे बंदर नाच नचाकर मेरी 'वन्स अपॉन ए टाइम' की

विलवेड दमयंती हमेशा के लिए चली गई।''

क्या ऐसे आदमी से प्यार किए बगैर रहा जा सकता है, जो अपनी जिंदगी के पहले प्यार का वर्णन इस तरह व्यंग्यात्मक ढंग से अपनी पत्नी को सुना सकता है? क्या उसकी ईमानदारी पर कभी भी शक किया जा सकता है?

लेकिन मैं?

सुमन की इस ईमानदारी का गवाह होते हुए भी मैं क्यों नहीं ईमानदार बन सकती?

नहीं, और सोचना नहीं है। शायद मध्यांतर समाप्त होनेवाला है। एहसास हो रहा है कि सुमन बाहर खड़े-खड़े सिगरेट पी रहे हैं। किसी से बातें भी कर रहा है। शायद मुझे स्वस्थ होने के लिए वह कुछ समय दे रहा है। शरीर से मैं स्वस्थ हो चुकी हूँ, लेकिन अपने अशांत मन को कैसे शांत करूँगी—समझ में नहीं आ रहा है।

अगर मुझे मालूम होता कि सुमन के ऑफिस के रिक्रिएशन क्लब का नाटक इस तरह से मुझे विचलित कर सकता है, तो शायद ही मैं यह देखने आती।

लेकिन मध्यांतर से पहले तक इतना सुंदर अभिनय हुआ कि अंत तक देखे बिना चले जाने का जी भी नहीं करता है। लग रहा है कि क्रूसा के बच्चे का हाल जाने बगैर मैं यहाँ से जा नहीं सकती। कुंती और कर्ण के बारे में तो मालूम है, लेकिन क्रूसा का बच्चा? अंत तक उसका क्या हुआ? यह मानो मेरी ही समस्या है।

क्रूसा और कुंती का अभिनय वाकई बेजोड़ है। माँ के दिल की छटपटाहट, पूत पाने के बाद भी उसे खोने की पीड़ा—दोनों ही ने गजब ढंग से पेश की है। कितना यथार्थ अभिनय है—शायद मुझसे ज्यादा कोई महसूस नहीं कर सकता।

मध्यांतर समाप्त होने की घंटी बजी। अब हॉल में जाना ही उचित होगा। मुझे नाटक का अंत देखना ही है।

मध्यांतर समाप्त होने की घंटी बजते ही मैंने देखा कि तितली कमरे से बाहर आ गई। यद्यपि तितली ने कहा कि वह ठीक है, फिर भी उसकी हालत देखकर मुझे लगा कि पूरी तरह से वह स्वस्थ नहीं हो पाई है।

शायद मेरे बारे में सोचकर ही तितली हॉल में चलने के लिए निकल आई है। मेरे ही ऑफिस के रिक्रिएशन क्लब का नाटक। इस साल मैं ही क्लब का अध्यक्ष भी हूँ—इसलिए नाटक के अंत तक रहना मेरा फर्ज समझकर ही तितली हॉल में जाना चाहती होगी।

फिर भी जाते-जाते मैंने तितली से कहा, "चलो घर चलें। मैंने नाटक का रिहर्सल देखा है, घर जाते-जाते नाटक का कथानक मैं तुम्हें बता दूँगा। हालाँकि पूरा रिहर्सल मैंने कभी देखा नहीं है, फिर भी कथानक के बारे में अंदाज तो मुझे है ही।"

लेकिन तितली ने जोर डालते हुए कहा, "नहीं जी, नहीं। आप क्यों इतना परेशान हो रहे हैं? अब मैं बिलकुल ठीक हूँ, कोई तकलीफ नहीं है। शायद हॉल की स्टफी एटमॉसफियर में मुझे थोड़ी सी परेशानी हो रही थी। आखिर तक नाटक को देखकर ही घर जाऊँगी—आपके स्टाफ के लोग और अभिनेत्रियाँ हर किरदार का अभिनय बेहद खूबसूरती से कर रहे हैं।"

मैंने भी बात मान ली। वास्तव में सभी बहुत सुंदर अभिनय कर रहे हैं।

सोचा था, तितली जब आखिर तक देखना चाहती है तो देखें। घर लौटकर फैमिली फिजीशियन डॉक्टर चौधरी को एक बार रिंग करके बुला लूँगा। रात को अगर वह नहीं आ सकते तो कम-से-कम कल सवेरे आकर वह तितली का चेक-अप करके पता लगा ही सकेंगे कि तितली को ऐसा क्यों हो गया था। क्या उसका ब्लडप्रेशर बढ़ गया है? डॉक्टर चौधरी ही इसे बता सकते हैं।

हॉल में लौटकर अपनी-अपनी सीटों पर बैठते ही परदा उठने लगा। बत्तियाँ बुझते ही तितली ने हलके हाथ से मेरे बाएँ हाथ को थामकर मेरे चेहरे की ओर देखा।

मुझे लगा कि वह कुछ कहना चाहती है।

लेकिन उसने कुछ नहीं कहा। थोड़ी देर तक मेरी तरफ देखने के बाद उसने मंच की ओर देखा। जोर से मेरे हाथ पर उसने दबाव डाला,. मुझे लगा

कि वह मुझे इशारे से भरोसा देना चाहती थी कि अब वह स्वस्थ हो गई है।

मुसकराकर उसकी ओर एक झलक देखकर मैंने भी मंच पर निगाह डाली।

नाटक फिर से शुरू हो गया है। यूनानी पुराण के जोन में धीरे-धीरे डिमर की सहायता से रोशनी बढ़ाई गई।

मंच पर क्रूसा अपनी संतान को खोकर मायूस बैठी है। अगर देवता अपोलो का प्यार और सहानुभूति उसे मिली होती तो शायद उसकी मायूसी समाप्त हो जाती, लेकिन बच्चे के पैदा होने के बाद से अपोलो फिर कभी नहीं आए।

क्रूसा ने तहेदिल से अपोलो से प्यार किया था, लेकिन अपोलो ने उस प्यार को मर्यादित नहीं किया।

रुआँसे स्वर में क्रूसा अपने प्यार की तौहीनी के बारे में अपनी दासी से बातें कर रही थी। बेचारी क्रूसा ने सोचा था कि सही वक्त पर अपोलो उसे पत्नी का दरजा देकर सम्मानित करेंगे।

लेकिन क्रूसा अलिंपस के देवता अपोलो को अपने पति के रूप में प्राप्त नहीं कर सकी। बदले में उसे मिला धोखेबाजी और वंचना, क्योंकि अपोलो क्रूसा को छोड़कर अकेले ही अलिंपस में लौट गए।

मंच पर राजा इरेकथियस हाजिर हुए। क्रूसा राजा की आँख की पुतली है, कारण उनकी कई पुत्रियों में से अकेले क्रूसा ही समुद्र देवता पसिडन के हाथ से बच पाई थी।

जिस दिन से राजा इरेकथियस ने देवी ऐथेना को एथेंस नगरी की रक्षा देवी के रूप में स्वीकार कर लिया था, उसी दिन से वह समुद्र देवता पसिडन के दुश्मन बन गए थे। पसिडन एथेंस नगरी के रक्ष देवता बनना चाहते थे, लेकिन राजा इरेकथियस ने उनकी इच्छा को नकारते हुए देवी ऐथेना को स्वीकार कर लिया था।

पसिडन इस बेइज्जती को बरदाश्त नहीं कर पाए। इस बेइज्जती का बदला लेने के लिए राजा इरेकथियस की सभी बेटियों की पसिडन ने इज्जत लूट ली। बहुत छोटी होने के कारण सिर्फ क्रूसा बच गई थी। राजपुत्रियों को अपवित्र करके पसिडन ने राजा इरेकथियस को सबक सिखाना चाहा। बेसहारा राजा उस वक्त पसिडन के खिलाफ कुछ नहीं कर पाए थे।

धीरे-धीरे क्रूसा किशोरावस्था में पहुँची, लेकिन अपने राजकार्यों में बुरी तरह से फँसे रहने के कारण राजा इरेकथियस ने कभी इस पर गौर नहीं फरमाया। अपोलो की मेहरबानी से क्रूसा कुमारी माता बन गई है— यह भी राजा को मालूम नहीं।

कुछ सालिलाकी स्टाइल से, कुछ नेपथ्य भाषण के माध्यम से नाट्यकार ने राजा इरेकथियस के बारे में सारी बातें दर्शकों को समझा दिया।

मंच पर राजा ने जैसे ही क्रूसा को देखा, उनकी आँखों में वात्सल्य छा गया। अपनी ही लाडली बेटी को बड़ी होते हुए देखकर, वह फूले नहीं समाए। अब तो बेटी के हाथ पीले करने पड़ेंगे।

राजा ने अपनी इच्छा के बारे में बेटी को जानकारी दी। उन्होंने कहा, "पड़ोस के राज्य के युथास के साथ मैं तुम्हारा रिश्ता तय करूँगा।"

आगे उन्होंने कहा कि काफी पहले से ही उन्होंने इस रिश्ते के बारे में सोच रखा है, क्योंकि एक बार एथेंस के संकटकाल में युथास ने राजा इरेकथियस की काफी मदद की थी। उसी वक्त से युथास की वीरता से प्रसन्न होकर, उन्होंने युथास को अपने दामाद के रूप में पाने की कल्पना की थी, जिसे अब साकार करना है।

बेचारी क्रूसा अपने पिता को न तो अपोलो के बारे में और न अपने कानीनपुत्र के बारे में कुछ कह सकी। राजा की इच्छानुसार ही युथास के साथ क्रूसा की शादी हो गई।

युथास के साथ क्रूसा के चले जाते ही मंच की रोशनी धीरे-धीरे कम होती गई और फिर कुछ क्षण के लिए मंच पर अंधकार हो गया।

दूसरे ही क्षण भारतीय पुराण के जोन में बत्ती जल उठती है। देखा कि कुंतीभोज की पुत्री बेहद खूबसूरत कुंती, अपने कानीन पुत्र के विरह में रोती हुई विलाप कर रही है।

महर्षि दुर्वासा के सिखाए हुए मंत्र ने कवच-कुंडलधारी एक पुत्र प्राप्त करने में उसे मदद जरूर की, लेकिन मातृत्व सुख पूरी तरह से अनुभव करने का मौका तो उसे नहीं मिला।

अतः कुंती बिलखती हुई कहने लगी—"हे सूर्यदेव, यह कैसा उपहार

मुझे आपने दिया, जिसे मैं अपने पास रख तक नहीं सकी। एक जननी के हृदय की व्यथा आप पुरुषगण कभी समझ नहीं सकते हैं। पुत्र से बिछुड़ने का दर्द मुझे भी अब तक ज्ञात नहीं था। लेकिन आज मेरा दिल चकनाचूर होता जा रहा है, क्योंकि मेरे ही अनैतिक प्यार के परिणामस्वरूप पुत्र को नदी में बहा देने के लिए विवश होना पड़ा।''

मन-ही-मन कुंती प्रार्थना करने लगी। निर्देशक ने ड्रामैटिक मोनोलॉग से दर्शकों को बतलाई।

''हे पुत्र, तुम्हारी यात्रा मंगलमय हो। स्वर्ग, मर्त्य एवं अंतरिक्ष के सभी प्राणी तेरा भला करें। तेरे पिता अंशुमान, परमवीर सूर्यदेव हमेशा तुझे बचाएँ। मेरे प्यारे, तेरे कवच-कुंडल देखकर ही मैं भविष्य में तुझे पहचानूँगी। तुझे अपना बेटा कहकर पुकारने का सौभाग्य जिस महिला को मिलेगा, न जाने वह कितनी सौभाग्यवती होगी।''

कुंती की चरित्राभिनेत्री रोते-रोते बैठ जाती है और फिर अपने को कोसती हुई कहती है—''मैं तो अपनी किस्मत को कोस रही हूँ—महर्षि दुर्वासा के सिखाए गए मंत्र ने कवच कुंडलधारी एक पुत्र प्राप्त करने में अवश्य ही मेरी मदद की, लेकिन मैं मातृत्व सुख पूरी तरह से अनुभव नहीं कर पाई, स्वयं सूर्यदेव को अपने पुत्र के जनक के रूप में तो मैंने पाया, लेकिन उन्हें अपने पति के रूप में तो मैं नहीं पा सकी। बचपन में भी इसी प्रकार के दुःख मैंने झेले। पिता को पाकर भी पितृस्नेह से मुझे वंचित होना पड़ा, क्योंकि उन्होंने मुझे निःसंतान राजा कुंतीभोज को दान दे दिया। अपने पिता के द्वारा दिया गया नाम पृथा को भी राजा कुंतीभोज ने बदलकर दत्तकपुत्री के रूप में मेरा नाम कुंती कर दिया। जीवनभर मुझे वंचना ही मिली—यह दुःख मैं कैसे भूल सकती हूँ।''

लेकिन किशोरी कुंती को अपना दुःख व्यक्त करने की भी फुरसत नहीं दी गई, क्योंकि राजा कुंतीभोज मंच पर प्रवेश कर जाते हैं और कुंती आँसू सँभालकर बनावटी ढंग से मुसकराते हुए राजा के सामने पहुँचती है।

अपनी आँसुओं को लीलकर कुंती अपने पिता से कहती है, ''तात, आपने क्यों कष्ट किया? मुझे बुला लिया होता।'' कुंतीभोज अपनी समस्या से मुक्ति

पाने के लिए कुंती से कहते हैं, ''बेटी मैं एक असमंजस में फँस गया हूँ। भिन्न-भिन्न राज्यों के राजा तुम से शादी रचाने के लिए निरंतर मेरे पास प्रस्ताव भेज रहे हैं। मेरे लिए किसी फैसले पर पहुँचना संभव नहीं हो रहा है। ऐसी स्थिति में तुम्हारे सभी गुरुजनों एवं दरबार के अमात्यों के साथ परामर्श करने के बाद मैंने तुम्हारी शादी के लिए एक स्वयंवर सभा बुलाई है। अब तुम स्वयं निर्णय लेने के योग्य बन गई हो—सभी के बारे में जानकारी प्राप्त करने के बाद तुम्हें ही अपने पति को चुनना है। इस विशेष बात के लिए ही मुझे तुम्हारे कक्ष में आना पड़ा।''

कानीन पुत्र की माता कुंती अपने दुःख को छिपाने की कोशिश करते हुए पिता से कुछ कहने में संकोच की मुद्रा में अपने चेहरे पर शर्म, भय, सकुचाहट इत्यादि की अभिव्यक्ति प्रकट करने लगती है, जिसे राजा कुंतीभोज नारी की स्वाभाविक लज्जा समझकर कहते हैं—'मैं समझ रहा हूँ बेटी, एक अकारण भय, लाज तुझे कुछ बोलने से रोक रहा है। कष्ट मुझे भी है कि मेरी आँखों की पुतली अब हमेशा मेरी आँखों के सामने नहीं रहेगी। फिर भी सामाजिक नियम यही है कि लड़की सयानी होने पर उसे अपने घर में भेज दिया जाए। एक बाप होना इतना तकलीफदेह होता है, मुझे पहले मालूम नहीं था, लेकिन अब अनुभव हो रहा है कि मेरे शरीर के एक अंग को काटकर दूसरे के साथ जोड़ना कितना कष्टकारी होता है बेटी। वह बेटी कुंती को अपनी छाती से लगाकर उसके ललाट को चूमते हैं। भारतीय जोन में धीरे-धीरे अंधकार हो जाता है। अंधकार होने से पहले स्वयंवर-सभा के दृश्य में कुंती रूपवान पांडु के गले में जयमाला डाल देती है।

अचानक निस्तब्ध हॉल तालियों की गड़गड़ाहट से गूँज उठा। वास्तव में अभ्र राय का निर्देशन बेजोड़ है, दर्शक भावविभोर हो चुके थे। वे समझ रहे थे कि नाटक को लिखने में अभ्र ने काफी मशक्कत की है। यूनानी पुराण और भारतीय पुराणों पर जबरदस्त पकड़ अगर नहीं होती तो दोनों देशों की घटनाओं को इस प्रकार समानांतर ढंग से पेश करना नामुमकिन था।

सिर्फ नाट्य-लेखन में ही नहीं, संगीत, निर्देशन, प्रकाश व्यवस्था,

मंचसज्जा, डायलॉग और टीमवर्क का इतना सुंदर समन्वय हुआ है कि दर्शक मंत्रमुग्ध होकर नाटक देखे जा रहे हैं। कोई भी मंच की ओर से अपनी निगाह हटाने में अपने को असमर्थ पा रहा है। वास्तव में अभ्र में हुनर है और वह काफी मेहनती भी है।

मैंने मन में ठान लिया कि मौका पाते ही एम.डी. से अभ्र का नाम प्रमोशन के लिए जरूर रेकमेंड करूँगा।

मैंने तितली की ओर देखा। अँधेरे की वजह से ठीक समझ नहीं पाया, लेकिन लगा कि वह अपने बटुए से स्मेलिंग सॉल्ट की शीशी निकालकर सूँघ रही है। थोड़ा आश्चर्य हुआ—अचानक उसकी हालत इतनी बिगड़ क्यों गई?

मैंने पूछा, "क्यों जी, फिर तकलीफ हो रही है? चलो, घर चलें। घर लौटकर डॉक्टर चौधरी को रिंग करने पर वह आ जाएँगे।"

लेकिन तितली ने कहा, "नहीं, नहीं, मैं घर नहीं जाऊँगी। बस अभी आराम हो जाएगा। बहुत सुंदर नाटक है। अंत तक देखे बिना मैं घर नहीं जाऊँगी। आप बिलकुल बेफिक्र रहो।"

समझ गया कि तितली को तकलीफ हो रही है। आखिर क्यों? सबेरे तक तो वह स्वस्थ थी। हॉल में आने से पहले भी कोई शिकायत नहीं थी। नाटक शुरू होने से पहले भी वह काफी ठीक थी। तो क्या, नाटक के कथानक ने उस पर असर डाला?

लेकिन कुंती और कर्ण के बारे में तो वह अनजान नहीं है; हो सकता है, क्रूसा और उसके बच्चे के बारे में तितली को न मालूम हो। फिर भी इतनी बेचैन होने की वजह क्या है?

नाट्य-निर्देशक ने पूरी तौर से दर्शकों को अपनी गिरफ्त में ले लिया है। मंच पर जैसे ही रोशनी बिखरनी शुरू हुई, दर्शक फिर से शांत हो गए और बड़ी उत्सुकता से मंच की ओर देखने लगे।

भारतीय पुराण जोन अँधेरा हो गया है। डिमर की मदद से प्रकाश नियंत्रक मंच पर एक हलकी-सी रोशनी छाने लगी।

नेपथ्य से घोषणा हुई—'सत्रह साल बाद।'

तितली की ओर से ध्यान हटाकर मैंने क्रूसा पर निगाह डाली। कुमारी

क्रूसा अब कुमारी नहीं है—वह राजा युथास की पत्नी रानी क्रूसा बन गई है। मंच पर दोनों ही हाजिर हैं।

कई बार मैंने सुमन से अपने दिल की बातें कहनी चाहीं। सुमन की तरह मैंने भी अपने दिल के सभी खिड़की-दरवाजे खोलकर दिल की गहराई में छिपी हुई सारी बातें निकाल देने की कोशिश की। कई बार मैंने चाहा कि आज तक जिसे हम सुमन से छिपाने की कोशिश करती आ रही हूँ—उनका खुलासा कर दूँ।

पिछले चौदह साल से ही लगातार मैं सोच रही हूँ कि अब शायद वक्त आ चुका है। सुमन जैसे पति से मेरी अपनी बातें छिपाना अनुचित होगा। सबकुछ कह देना ही ठीक होगा। कम-से-कम मुझे तो चौबीस घंटे झेलनेवाले मानसिक क्लेश से छुटकारा मिल जाएगा।

मुझे यकीन है कि सुमन में एक स्पोर्टिंग स्पिरिट है—वास्तविकता को मानने में वह कभी पीछे नहीं हट सकता है। इतना तो मैं समझ ही चुकी हूँ कि सुमन का दिल जाड़े के आकाश जैसा निर्मेघ, साफ-सुथरा है। कोई भी कलंक या शक का बादल उसके दिल पर अपनी परछाईं तक नहीं डाल सकता है। फिर भी आज तक मैं सुमन से कुछ कह न सकी।

मध्यांतर के बाद हॉल में आकर मुझे ऐसा लगा था कि शायद मेरी बातें कहने का इससे बेहतर मौका और कभी मुझे नहीं मिलेगा।

मैंने हलके हाथ से सुमन का बायाँ हाथ थाम लिया था। रिफ्लेक्स एक्शन की तरह तुरंत सुमन ने मेरी ओर मुड़कर देखा था। एकटक उसके चेहरे की ओर देखकर मैंने उसके मन को पढ़ना चाहा था।

किंतु उसकी आँखों में मेरे लिए उसकी परेशानी से भरी हुई दृष्टि, मेरे प्रति उसकी वफादारी और स्नेहभरी निगाहों ने अपनी बातें करने से मुझे रोक दिया। आशंका हुई कि अपनी बातें कहने पर कहीं मुझे इस अपार्थिव प्यार से हमेशा के लिए हाथ न धोना पड़े।

मुझे लगा कि ऐसी स्थिति होने पर मैं इस दुनिया में बिलकुल अकेली हो

जाऊँगी। मुझे मालूम है कि पैसे की कमी मुझे कभी भी नहीं होगी, क्योंकि बाबूजी ने अकेले मेरे लिए भी जितना छोड़ा है, उतना सिर्फ पर्याप्त ही नहीं, काफी भी है।

लेकिन क्या अर्थ ही दुनिया में सबसे अनमोल चीज है? कम-से-कम इतने दिनों में यह सच्चाई तो मुझे मालूम हो ही गई है कि औरतों के लिए अर्थ से भी बढ़कर पति का प्यार-आलिंगन और बेटे का मातृ संबोधन होता है।

मेरी बदकिस्मती है कि दूसरा सुख मुझे नहीं मिला। लेकिन पहले सुख को पाकर भी अगर खोना पड़े—इस भय से भयभीत होकर सुमन के हाथ थामने के बावजूद भी मैं उससे कुछ कह नहीं सकी। मंच की ओर इशारा करते हुए शायद मैंने यह कहना चाहा था, "प्रियतम, क्या तुम क्रूसा या कुंती को माफ कर सकते हो?"

अच्छा ही हुआ कि सुमन ने मेरा इशारा नहीं समझा। मैंने भी उसके हाथ पर थोड़ा सा दबाव देकर हाथ छोड़ दिया था। उसने शायद सोचा कि मैंने अपनी स्वस्थता के लिए उसे भरोसा दिया। सोचने दो। बेफिक्र होकर उसने मंच की ओर निगाह डाली।

मैंने भी मंच की ओर निगाह डाली। नाटक मैं देखूँ कैसे? जिस क्रम में कथाकार और नाट्य निर्देशक घटनाएँ पेश कर रहे हैं, उन्हें देखते-देखते मेरी एक अदृश्य सत्ता में, मेरी अंतरात्मा में एक पीड़ा महसूस हो रही हूँ।

क्रूसा की असहाय हालत, उसकी इच्छाओं के अपघात, पिता के आदेश पर युथास से उसकी शादी देखते हुए मुझे लगा कि साँस लेने के लिए हॉल में जरा सी भी हवा नहीं है। लंबी साँसें लेने की कोशिश मैंने की थी, लेकिन आराम नहीं मिला।

तिरछी नजर से मैंने उस वक्त सुमन की ओर देखा भी था। ध्यान लगाकर वह नाटक का अभिनय देख रहा था।

सुमन को मालूम नहीं हो सका था कि मुझे साँस लेने में कितनी तकलीफ हो रही थी। अगर पल भर के लिए भी सुमन मेरी ओर देखता तो मेरी तकलीफ को देखकर निश्चय ही वह मुझे हॉल से बाहर ले जाता और जरूर घर ले गया होता।

लेकिन ऐसी स्थिति में तो मैं नाटक का अंत देख नहीं सकती थी। क्रूसा के बच्चे का क्या हुआ? अभी तक नाट्य-निर्देशक ने उस घटना को रहस्य बना रखा है।

भारतीय जोन में जब कुंती विलाप करने लगी थी, मेरी साँस की तकलीफ कुछ कम हो गई थी, किंतु फिर जब वह कर्ण के लिए हाहाकार करने लगी और स्वयंवर सभा में राजा कुंतीभोज के आदेश पर जब उसे हाजिर होना पड़ा, मेरी तकलीफ फिर से बढ़ गई।

राजा पांडु के गले में कुंती ने ज्यों ही जयमाला डाल दी, मैं स्मेलिंग सॉल्ट की शीशी बिना निकाले रह नहीं पाई। मेरा तो दम ही घुट रहा था!

सुमन की निगाह उसी वक्त मुझ पर पड़ी। तालियों की गड़गड़ाहट से हॉल गूँज उठा, लेकिन मैं तो अभिनय की जी खोलकर प्रशंसा नहीं कर सकी? यह तो नाटक नहीं है, यह तो जीवन की प्रतिच्छाया है। यह तो—उसी वक्त सुमन ने मुझसे पूछ लिया था कि मैं घर जाऊँगी या नहीं।

मैंने कहा था, "जी नहीं, अंत तक बिना देखे मैं नहीं जाऊँगी।" मैंने उन्हें भरोसा दिया था कि बहुत जल्दी मुझे आराम हो जाएगा।

यूनानी पुराण के जोन में फिर से रोशनी छाने लगी। नेपथ्य से घोषणा भी हुई—'सत्रह साल बाद'।

क्या क्रूसा को अब अपना बेटा मिल जाएगा? नाट्य-निर्देशक अब क्या प्रदर्शित करेंगे?

मंच पर राजा युथास और रानी क्रूसा दोनों ही हाजिर हैं। दोनों की बातचीत से मालूम हुआ कि महल में कोई शिशु न होने के कारण दोनों का दम घुट रहा है। इसीलिए दोनों ने तय किया कि देलफि के मंदिर में जाकर देवता अपोलो से वे एक संतान पाने की उम्मीद से प्रार्थना करेंगे। अगर देववाणी होती है तो शायद उन्हें संतान प्राप्त करने के उपाय के बारे में जानकारी हो सकती है।

अपने अनुयायियों के साथ राजा युथास और रानी क्रूसा देलफि के मंदिर के अहाते में पहुँच गए।

क्रूसा मंदिर के अंदर नहीं गई। अहाते में खड़ी होकर मंदिर के कामकाज में मदद करनेवाले एक किशोर के साथ वह बातें करने लगती है। रानी क्रूसा

ने किशोर का नाम पूछा। किशोर ने अपना नाम आयन बतलाया।

लेकिन आयन की बड़ी-बड़ी आँखें और उसकी मधुर आवाज रानी क्रूसा को इतना विचलित क्यों कर रही हैं? कौन है यह मासूम किशोर? इस मंदिर में सेवा करने के लिए आयन कहाँ से आया? एक के बाद एक सवाल रानी क्रूसा के दिल में उमड़ने लगे। इन सारी बातों को आयन से बिना पूछे वह रह नहीं पाई।

रानी के प्रश्नों के जवाब में आयन ने कहा, "माफ कीजिएगा, क्योंकि मेरे उत्तर शायद आपके मनमाफिक नहीं होंगे। जब से मैंने होश सँभाला, तब से मैं इसी मंदिर में ही हूँ। इस मंदिर की पुजारिन ही मेरी माँ है। मैंने तो स्वप्न में भी नहीं सोचा कि वह मेरी माँ नहीं हैं। आप इस तरह फालतू शक क्यों कर रही हैं कि पुजारिन मेरी माँ नहीं हैं?"

रानी क्रूसा आयन के प्रश्न का जवाब नहीं दे पाती है। उन्होंने अपने से ही पूछा, "इस किशोर को देखकर मैं इतनी उतावली क्यों हो उठी?"

वह अपने से भी यह बात छिपा नहीं सकी कि आयन को छाती से लगाकर एक बार उसका मस्तक चूमने के लिए वह व्याकुल हो उठी है। वह समझ नहीं पा रही है कि आखिर इस अनजान किशोर को देखकर उनके दिल में इतनी उथल-पुथल क्यों मच गई?

अपना परिचय देते समय आयन ने अपने कामकाज के बारे में भी रानी क्रूसा को बताया था।

बचपन से ही मंदिर के अहाते में पानी छिड़कना, लारेल वृक्ष की डालों से बने झाड़ू से अहाते को साफ करना, देवताओं के भोग चुगने के लिए जो चिड़ियाँ आती हैं, उन्हें उड़ाना इत्यादि मामूली काम वह करता चला आ रहा है। उसकी लगन और देवता अपोलो के प्रति उसका लगाव देखकर उसकी माँ उससे काफी प्रसन्न रहती है।

रानी क्रूसा जितनी ही आयन की मधुर आवाज सुनती है, उतनी ही वह अपने दिल की गहराई में एक अनास्वादित रोमांच महसूस करती है। उसका जी चाहता है कि वह एक बार आयन को अपनी छाती से लगा ले, लेकिन शर्म के कारण वह रुक जाती है।

प्रोसीनियम की ओर बढ़कर रानी क्रूसा स्वागत भाषण के माध्यम से अपने मानसिक द्वंद्व को दर्शकों तक पहुँचाती है।

आयन के पास जाकर बड़े प्यार से वह उसके बदन और सिर पर हाथ फेरने लगती है। उसके प्रति रानी के इस प्यार को देखकर आयन भी अचंभित हो जाता है।

मंदिर के अहाते में हलकी नीली रोशनी भर गई। क्रूसा और आयन फ्रिज हो गए।

नाट्य, निर्देशक ने मंदिर के अंदर राजा युथास पर रोशनी डाली। राजा युथास ने दैवशक्ति की अधिकारिणी मंदिर की पुजारिन से अपनी समस्या के बारे में बतलाया।

युथास की बातों को सुनकर पुजारिन ने देवता अपोलो से प्रार्थना की। देववाणी हुई—''युथास, मंदिर के बाहर जाते ही अहाते में जिस किशोर से तुम्हारी मुलाकात होगी, उसे ही तुम अपना बेटा, मेरा वरदान समझकर स्वीकार कर लो।''

पूरे यूनानी जोन में रोशनी भर गई। आयन के सिर पर हाथ फेरते-फेरते रानी क्रूसा फ्रिज हो गई थी, रोशनी फैलते ही उन्होंने हाथ नीचे किया।

मंदिर से राजा युथास बाहर आ गए। उनकी निगाह रानी क्रूसा और आयन पर पड़ी। खुशी से राजा युथास झूम उठे, क्योंकि उनकी गद्दी के काबिल हकदार को ही देवता अपोलो ने उन्हें दान दिया है। दोनों हाथों को जोड़कर उन्होंने देवता अपोलो को प्रणाम किया और फिर आयन को खींचकर अपनी छाती से लगा लिया।

मुझे नहीं मालूम कि इन सभी दृश्यों को एक के बाद एक देखकर मेरा दिल क्यों शांत सा हो गया। रानी क्रूसा जिस तरह से आयन से प्यार करने लगी है, उसे देखकर जिस तरह से वह विचलित हो उठी है—लग रहा है कि आयन ही जन्मलग्न से बिछुड़ा हुआ उनका बेटा है, हालाँकि नाट्य-निर्देशक ने अभी तक सस्पेंस बना रखा है। राजा युथास को भी आयन को गले लगाते हुए देखकर मुझे लगा कि—

लेकिन यह क्या! आयन को युथास ने जैसे ही अपनी छाती से लगाया,

रानी क्रूसा छिटककर दूर क्यों हट गई? वह इतनी क्रूर निगाहों से आयन और राजा युथास को घूरने क्यों लगी?

सुनने में आ रहा है, यूनानी सलिलाकी शैली में वह कह रही है, ''समझ में आया राजा युथास—मैं सबकुछ समझ गई। तुम्हारी ही अवैध संतान अब तक इस मंदिर में पल रही थी। पुजारिन के साथ षड्यंत्र रचकर, उस अवैध बच्चे को देवता के आशीर्वाद से प्राप्त करने का नाटक रचकर अपनी गद्दी का हकदार बनाने का ढोंग तुम रच रहे हो।''

जिस किशोर को देखकर थोड़ी देर पहले ही उसके अतृप्त मातृ हृदय में लाड़-प्यार की बाढ़ आ गई थी, अब उसे ही युथास के सीने से लिपटे हुए देखकर उसके दिल में नफरत की आग धधक उठी।

धीरे-धीरे यूनानी पुराण के जाने में अँधेरा छा गया। कई सेकेंड तक मंच पर अंधकार बना रहा।

लेकिन मुझे लगा कि सारी दुनिया मेरे लिए अंधकारमय हो गई। रानी क्रूसा कितनी बड़ी अभागिन है कि अपने बेटे को पाकर भी पहचान नहीं पा रही है। व्यर्थ में राजा युथास पर वह शक कर रही है।

मैं अपने को और सँभाल नहीं पाई। मैंने अपने मन में ही कहा, ''क्रूसा, क्यों तुम अपनी तकलीफ बढ़ा रही हो? इससे तेरा क्या फायदा होगा? क्रूसा मेरी बात मान ले, फिजूल में शक मत कर। अगर तेरी जगह पर मैं होती—''

भारतीय पुराण के जोन में रोशनी छाने लगी। नेपथ्य से उद्घोषक ने घोषणा की, ''पंच पांडव के शस्त्र शिक्षा के समाप्त होने पर।''

हस्तिनापुर में शस्त्र परीक्षा के लिए पंच पांडव एवं धृतराष्ट्र के सभी पुत्रगण इकट्ठे हुए हैं। राजकुमारों का शस्त्र चालन देखने के लिए रंगभूमि के बाहर गांधारी के बगल में कुंती भी बैठी है। धृतराष्ट्र के बगल में विदुर बैठे हैं।

एक के बाद युधिष्ठिर वगैरह भी रंगभूमि में आ रहे हैं। जब अर्जुन ने रंगभूमि में असाधारण कुशलता का प्रदर्शन किया तो जनता एवं सभी राजपुरुषों ने शोर मचाकर उसकी प्रशंसा की।

विदुर ने विस्तार से सारी घटनाएँ धृतराष्ट्र को समझाईं। कुंती भी गांधारी को विस्तृत विवरण सुनाती रही।

अर्जुन के शस्त्र नैपुण्य को देखकर और जनता का उल्लास सुनकर पुत्र के गौरव से कुंती की खुशी का ठिकाना नहीं रहा।

नाट्य-निर्देशक ने मंच पर शस्त्र चालन न दिखाकर और जनता को उपस्थित न करके, नेपथ्य से ही कोलाहल पैदा करके दर्शकों को समझा दिया कि शस्त्र परीक्षण जारी है। मंच पर सिर्फ भिन्न-भिन्न चरित्र को दिखाया गया।

अर्जुन के शस्त्र नैपुण्य समाप्त होते ही फिर से रंगभूमि से एक शोर उठा। करीब पच्चीस साल के एक नौजवान ने रंगभूमि में कदम रखा है। उगते हुए सूर्य जैसा उसका सौंदर्य देखकर अर्जुन की शान से गर्वित कुंती चंचल हो उठी।

मजबूत मांसपेशियों वाले उज्ज्वल, निर्भीक एवं गौरवर्ण के इस नौजवान को देखकर अर्जुन-जननी का दिल विचलित क्यों हो उठा है? इस नौजवान के लिए वह अपने दिल में एक अजीब सा प्यार क्यों महसूस कर रही है?

प्यार भरी निगाहों से कुंती ने उस नौजवान को सिर से पैर तक देखा। अचानक उसकी निगाह उस नौजवान के कवच पर पड़ी। तुरंत ही वह अपनी प्रथम संतान को पहचान गई। एक अव्यक्त वेदना से वह छटपटाने लगी।

एक अजीब से आकर्षण से कुंती का हृदय नाच उठा। उसका सारा बदन थरथर काँपने लगा।

कुंती के चरित्र को निभानेवाली अभिनेत्री ने एक अद्भुत 'फेसियल एक्सप्रेसन' प्रदर्शित किया। एक ही साथ उसके चेहरे पर सुख, दुःख, हँसी, आँसू, रोना सबकुछ घुलमिलकर एक अजीब सी हरकत देखने को मिली। आवेश में उसकी आँखें बंद हो गईं। ऐसा प्रतीत हुआ कि बहुत बड़े भय से उनका शरीर काँप उठा।

रंगभूमि में आकर कर्ण ने भी अर्जुन जैसी करामात दिखाई। अर्जुन की अपेक्षा उसकी काबिलियत किसी भी माने में कम नहीं है। अपनी श्रेष्ठता प्रमाणित करने के लिए उन्होंने अर्जुन से युद्ध करना चाहा।

कृप ने कर्ण से उसका पितृ-परिचय पूछा। कर्ण के पिता का नाम सूत अधिरथ सुनकर उन्होंने मुसकराकर कर्ण से कहा, "जिसका जन्म राजघराने में नहीं हुआ है, अर्जुन के साथ युद्ध करने का उसे कोई हक नहीं है।"

सिर झुकाकर शर्म से लाल हो गया कर्ण। कर्ण की इस लज्जा, इस तौहीन।

को देखकर कुंती के हृदय में गहरा धक्का लगा। कर्ण का अपमान होने का मतलब उसके मातृत्व का अपमान है।

अचानक कर्ण की निगाह अर्जुन-जननी कुंती की स्नेहभरी आँखों पर आ टिकी। झील जैसी शांत गहरी सम्मोहनी दृष्टि से कर्ण भ्रम में पड़ गया। अर्जुन जननी को देखकर उसकी ऐसी प्रतिक्रिया क्यों हो रही है?

अस्पष्ट शब्दों में कर्ण ने कहा, "अर्जुन जननी के साथ मेरा ऐसा सादृश्य क्यों है? अर्जुन जननी का चेहरा जैसा मेरा चेहरा, यहाँ तक कि मेरे पैरों का आकार भी उनके जैसा ही है। हम दोनों माता-पुत्र नहीं हैं? वास्तव में मैं क्या किसी राजघराने में पैदा हुआ था? नहीं, नहीं··· मुझे यह यकीन नहीं होता।"

क्रूर मुसकान के साथ पाँचों पांडव जब कर्ण को धिक्कारने लगे, कुंती से सहा नहीं गया। वह बेहोश होकर गिर पड़ी।

कोई समझ नहीं सका, अचानक कुंती बेहोश कैसे हो गई। सिर्फ विदुर ने चौंककर दासियों को आदेश दिया, "ठंडे पानी के छींटे देकर महारानी को होश में लाने की कोशिश करो।"

वास्तव में कुंती का अभिनय, उसका मूर्च्छित हो जाना, मुझे बहुत ही जीवंत मालूम पड़ा, लेकिन आयन को देखकर क्रूसा का विचलित होना और कर्ण को देखकर कुंती का विचलित होना, मुझे क्यों विचलित कर रहा है? मेरे दिल की गहराई में लगी चोटें धीरे-धीरे मेरी सहनशीलता से परे चली जा रही हैं। क्या इस नाटक को अंत तक मैं नहीं देख सकूँगी? नाटक खत्म होने से पहले ही क्या मुझे सुमन के साथ घर वापस चले जाना पड़ेगा? मैं समझ नहीं पा रही हूँ कि 'एक और कर्ण' मुझे किधर बहा ले जा रहा है।

धीरे-धीरे मंच पर अंधकार होने लगा। मुझे लगा कि मेरी दुनिया में भी धीरे-धीरे अंधकार होता जा रहा है। फिर से मैंने अपने बटुए में से स्मेलिंग सॉल्ट की शीशी निकाल ली।

मंच पर अंधकार हो जाते ही हर बार की तरह तालियों की गड़गड़ाहट से हॉल गूँज रहा है। ये तालियाँ निरर्थक नहीं है, क्योंकि जब अभिनय चल

रहा है, संपूर्ण ऑडिटोरियम एकदम निस्तब्ध-सा हो रहा है। लग रहा है कि यहाँ एक भी आदमी बैठा नहीं है।

अभ्रराय का क्रेडिट है कि हॉल में टी.वी. के परदे पर महाभारत देखने और कर्ण-कुंती के बारे में जानने के बावजूद नाटक के अंत को देखने के लिए लोग उत्सुकता से बैठे हुए हैं। आयन और क्रूसा की अनजान कहानी और उसी के साथ कर्ण और कुंती की जीवनगाथा के साथ उसके सामंजस्य ने ही लोगों को उत्सुक बना दिया है। अपनी प्रतिक्रिया से ही समझ रहा हूँ कि नाटक के पात्रों का अभिनय, प्रकाश व्यवस्था, मेक-अप, पोशाक वगैरह ने लोगों को कितना आकर्षित कर रखा है।

नाट्य-निर्देशक जैसे-जैसे हमें एक बार प्राचीन यूनान में और एक बार महाभारत के समय में ले जा रहा है—लग रहा है कि उन प्राचीन काल के उन मानव-मानवियों के साथ हम एकात्म होते जा रहे हैं। हमें याद ही नहीं रह रहा है कि हम नाट्य सदन में बैठकर 'एक और कर्ण' नाटक का रसास्वादन कर रहे हैं।

जैसे ही मंच पर अंधकार हुआ, तितली की ओर नजर पड़ते ही देखा कि वह स्मेलिंग सॉल्ट की शीशी सूँघ रही है। क्या उसे साँस की तकलीफ निरंतर हो रही है? पहले तो कभी ऐसा नहीं हुआ था? कई बार तो हम सिनेमा-नाटक वगैरह देखने एक साथ जा चुके हैं, लेकिन ऐसा तो कभी भी नहीं देखा।

सही कहा जाए तो तितली के बटुए में स्मेलिंग सॉल्ट की शीशी भी है—मुझे मालूम नहीं था।

परेशान होकर मैंने तितली से पूछा, "तितली हॉल से बाहर, चलोगी? खुली हवा में जाने से शायद तुम्हें कुछ आराम मिले।"

लेकिन तितली किसी भी कीमत पर बाहर जाना नहीं चाही। उसने कहा, "नहीं जी, नहीं। इस नाटक का अंत बिना देखे, आखिर तक आयन का क्या हुआ बिना जाने, मैं यहाँ से हिल तक नहीं सकती हूँ। प्लीज, तुम मेरे बारे में सोचना बंद करो। पता नहीं क्यों आज हॉल की भीड़ मुझे बरदाश्त नहीं हो रही है। और कोई बात नहीं है।"

मैं चुप हो गया। और फिर तुरंत ही यूनानी पुराण के जोन में धीरे-धीरे रोशनी फैलने लगी। मैंने भी तितली की ओर से अपनी निगाह हटाकर मंच पर डाली। पिछला दृश्य बहुत ही नाटकीय रहा। मंच पर इस समय भी रानी क्रूसा, राजा युथास, आयन के साथ कुछ और लोग हैं।

लेफ्ट सेंटर एंट्रेंस के पास मंदिर के सामने खड़े होकर राजा युथास और आयन बातें कर रहे हैं।

राजा युथास ने जब अचानक आयन को अपनी छाती से लगा लिया था, तो वह आश्चर्य चकित हो गया था। लेकिन अब राजा युथास से उसे मालूम हो चुका है कि अब वह राजकुमार बन गया है। देवता अपोलो के आदेश से राजा ने उसे गोद ले लिया है। थोड़ी देर में गोद लेने का धार्मिक अनुष्ठान मंदिर में संपन्न होगा और उसी के बाद मंदिर के अहाते में एक दावत दी जाएगी।

राजा युथास बार-बार स्वीकार कर रहे हैं कि आयन जैसे एक खूबसूरत किशोर को पुत्र के रूप में प्राप्त करके वह बहुत ही खुश हैं। लेकिन रानी क्रूसा की प्रतिक्रिया कुछ भिन्न है। प्रोसीनियम के दाहिनी ओर मंच के सामने आकर वह कहती है, "मैंने पहले ही कहा है कि तुम्हारी योजना मैं पूरी नहीं होने दूँगी। आज अपनी ही अवैध संतान को तुम वैध बनाने के लिए जो योजना बनाए हो—बेकार हो जाएगी। किसी हालत में वह सिंहासन पर बैठने का अधिकारी नहीं बनेगा। लीपीडस जरा इधर सुनो तो।" एक बूढ़ा से नौकर के पास आते ही क्रूसा कहती है, "लीपीडस, तुम्हारी वफादारी पर मैंने कभी संदेह नहीं किया है। आज एक बार फिर तुम्हारी वफादारी की परीक्षा है। अभी थोड़ी देर में ही जो राजकीय दावत होगी उसमें आयन को मदिरा का प्याला दिया जाएगा। यह लो मेरी अँगूठी। इस अँगूठी के ऊपरवाले भाग को खोला जा सकता है। इसे खोलते ही एक तीव्र विष मिलेगा, जिसे तुम आयन को परोसी जानेवाली मदिरा के प्याले में मिला दोगे। लेकिन इस बारे में किसी को भी मालूम नहीं होना चाहिए।"

लीपीडस क्रूसा के आज्ञापालन करने के लिए वचन देता है।

हॉल इतना स्तब्ध हो गया कि लग रहा है, अगर जमीन पर एक सूई भी गिरे तो उसकी आवाज भी बहुत जोरदार होगी। हर आदमी एकटक मंच की ओर देख रहा है। समझ रहा हूँ कि मेरे जैसा ही हर आदमी का दिल गले तक आ पहुँचा है।

आयन को साथ लेकर राजा युथास मंदिर के अंदर चले गए। राजा के नौकर-चाकर मंदिर के अहाते में दावत की व्यवस्था करने में जुट गए।

थोड़ी देर बाद नए परिधान में सज-धजकर आयन राजा युथास के साथ मंदिर से बाहर निकल आया। शुरू हुआ शाही-दावत का कार्यक्रम।

नौकर राजा युथास तथा अन्य लोगों के हाथ में मदिरा का प्याला पहुँचाने लगे। आयन के प्रति विशेष सम्मान प्रदर्शन करने के छल में रानी क्रूसा का विश्वस्त सेवक एक थाली पर सिर्फ एक ही प्याला रखकर बाअदब हाजिर हुआ। प्याले की मदिरा में रानी क्रूसा की दी हुई, जहर घुली हुई है।

अपनी आदत के अनुसार धार्मिक आयन ने अपने रक्षदेवता के नाम से मदिरा का भोग लगाया और फिर थोड़ी सी मदिरा मंदिर के अहाते में गिरा दिया।

देवता अपोलो को निवेदित कबूतरों में से एक कबूतर झट से आकर उस मदिरा में अपनी चोंच डूबो गया।

लेकिन चोंच भीगने से पहले ही वह कबूतर पीड़ा से छटपटाते हुए, अपनी पंखों को फड़फड़ाकर अचानक स्तब्ध हो गया।

मुझे मालूम है कि इस दृश्य को मंच पर दिखाने के लिए अभ्र को काफी सोचना पड़ा था।

अंत में राजा बाजार इलाके में मकबूल मियाँ नाम के एक बहुत बड़े कबूतरबाज का पता उसे मिला था। उसी को काफी समझा-बुझाकर, कुछ रुपए एडवांस देने के बाद करीब एक महीने तक उसके कबूतर से अभ्यास करवाकर अभ्र ठीक चीज को निकाल पाया। एक भी दर्शक को समझ में नहीं आ रहा है कि कबूतर भी नाटक खेल रहा है।

कबूतर को निस्तेज, निस्तब्ध होते देखकर, आयन ने तुरंत अपना प्याला फेंक दिया। क्रोध से चिल्लाते हुए राजा युथास द्वारा पहनाई गई पोशाक को

फाड़कर वह मंच के सामने आकर खड़ा हो गया।

"मैं जानना चाहता हूँ कि मुझे मारने के लिए किसने यह साजिश रची है?" जिस बूढ़े सेवक ने आयन के हाथ में मदिरा का प्याला सौंपा था, आयन ने बड़े क्रोध से उससे ही पूछा।

अन्य अतिथियों और राजपुरुषों द्वारा दबाव डालते ही उसने स्वीकार किया, "रानी क्रूसा ने ही राजकुमार आयन के पेय में जहर मिलाने के लिए मुझे आदेश दिया था। उन्होंने अपनी अँगूठी मुझे देते हुए कहा था कि अँगूठी में छिपा हुआ जहर मैं जरूर आयन की मदिरा में मिला दूँ।"

सभी एक साथ कड़े शब्दों में रानी क्रूसा की निंदा करने लगे। देलफि के मंदिर के बुजुर्गों ने कहा, "चूँकि रानी क्रूसा ने मंदिर के सेवक इस मासूम की हत्या करने की साजिश रची थी, लिहाजा सब लोग पत्थर मार-मारकर रानी की हत्या करके इस पाप का प्रायश्चित करेंगे।"

घटना के प्रारंभ में रानी मंच पर ही दिखाई पड़ी थी, लेकिन कब वह मंच से गायब हो गई, किसी ने देखा नहीं था। रानी की तलाश की जाने लगी और इसी के साथ-साथ मंच की रोशनी धीरे-धीरे कम होने लगी।

तालियों की गड़गड़ाहट बंद होने के आसार ही नहीं दिखाई पड़े। गजब की टीमवर्क और गजब का निर्देशन। प्रकाशन नियंत्रक ने भी बेहद खूबसूरत करामात दिखाई।

मैंने तितली की ओर देखा। मुझे लगा वह कुछ गिड़गिड़ा रही है। मैंने पूछा, "क्या कह रही हो तितली, मैं समझा नहीं।"

कोई जवाब नहीं मिला। वह मंच की ओर ही देख रही है। मैंने भी मंच की ओर देखा।

भारतीय पुराण के जाने में धीरे-धीरे रोशनी छाने लगी। नेपथ्य से घोषणा हुई, "कुरुक्षेत्र के मैदान में कर्ण के सेनापतित्व की पूर्व संध्या।"

मंच पर सूर्यास्त की रोशनी छाई हुई है। महावीर कर्ण अस्त होते हुए सूर्य का वंदन कर रहे हैं।

गंभीरता से कर्ण संस्कृत में श्लोक पाठ करते हुए डूबते हुए सूर्य का वंदन करते हैं—

चक्षुर्नो देवः सविता चक्षुर्न उत पर्वतः।
चक्षुर्धाता दधातु नः॥
आदित्याय विदमहे सहस्त्र किरणाय धीमहि।
तन्न सूर्यः प्रचोदयात्॥
सविता पुरस्तात् सविता पश्चातात्
सवितोतरातात् सविता ऽधरात्तात्॥
सविता नः सुवतु सर्वतांति
सविता नो रासतां दीर्घमायुः॥

कर्ण भगवान् सूर्य को जैसे ही प्रणाम करते हैं, मंच पर धीरे-धीरे कुंती प्रवेश करती है। अचानक कुंती को देखकर बड़ी विनम्रता से कर्ण पूछते हैं, "राधा के गर्भ में पली सूत अधिरथ का पुत्र मैं कर्ण हूँ, माता आप कौन हैं?"

अपना परिचय देते हुए कुंती ने कहा, "बेटा, जो तुम्हारे जीवन में पहली बार इस विश्व को तुम्हें दिखाने में, इस विश्व से परिचय कराने में सहायक हुई थी, वही औरत आज सारी लाज को त्यागकर अपना परिचय देने के लिए तुम्हारे पास यहाँ आई है।"

विचलित कर्ण अपनी अस्थिरता व्यक्त करते हुए कहते हैं, "देवी, आपकी स्नेह भरी दृष्टि मुझे इस तरह से विचलित क्यों कर रही है? आपकी आवाज सुनकर ऐसा प्रतीत होता है कि पूर्वजन्म से मैं यह स्वर सुनता आ रहा हूँ। आप के साथ मेरा जन्म रहस्य कैसे जुड़ा है देवी?"

झिझकते हुए कुंती ने कहा, "यह बताने के लिए ही मैं सूर्यास्त के अँधेरेपन को चुना है बेटा। मैं कुंती हूँ।"

'कुंती' का नाम सुनते ही कर्ण चौंक जाते हैं और कहते हैं, "आप कुंती हैं। अर्जुन जननी कुंती? लेकिन मेरे पास आप क्यों आई हैं?"

अवाक् होकर कुंती की ओर देखते हुए कर्ण ने कहा, "आप मेरा सश्रद्ध प्रणाम स्वीकार करें। लेकिन माँ, आप इस रणक्षेत्र में अकेले क्यों आई हैं? मैं ठहरा कौरवों का सेनापति, मेरे पास आने का कष्ट आपने क्यों किया?"

कुंती ने कहा, "अर्जुन जननी सोचकर मन में द्वेष न करो बेटा। अस्त्र

परीक्षण के दिन जब एक उज्ज्वल सूर्य की तरह तुमने हस्तिनानगर के परीक्षण-स्थल पर प्रवेश किया था, उस समय दूर आड़ में बैठी सभी औरतों में एक मैं ही तो एक अतृप्त मातृत्व की भूख लेकर तुम्हें अपलक देख रही थी। अपनी स्नेही दृष्टि से तुम्हें चूम रही थी। फिर जब कृप ने तुमसे तुम्हारे पितृ परिचय के बारे में पूछकर तुम्हें ताना मारते हुए कहा था, "जिसका जन्म क़िसी राजकुल में नहीं हुआ है, अर्जुन के साथ उसे युद्ध करने का कोई अधिकार नहीं है" और तुम लज्जा से अपना सिर झुकाकर स्थान छोड़ने के लिए बाध्य हो गए थे—उस समय जिसके दिल में आग भभक उठी थी, वह मैं ही तो हूँ बेटा। अन्य पांडवों ने जब तुम्हें धिक्कारते हुए परीक्षण-स्थल से बाहर कर दिया, उस समय होश खोनेवाली और कोई नहीं थी बेटा—वह मैं कुंती ही थी।

कुंती की स्वीकारोक्ति सुनकर कर्ण ने कुंती से कहा, "देवी आपकी कृपा के लिए आपको मैं शत-शत बार नमन करता हूँ, प्रणाम करता हूँ—लेकिन हे अर्जुनजननी, इस रणभूमि में, कुरुसेनापति के पास आप संध्या के इस समय अकेली क्यों आई हैं?"

हाथ जोड़कर कुंती कर्ण से कहती है, "बेटा मैं तुमसे एक भीख माँगने आई हूँ। बोलो बेटा, मेरी मंशा पूरी करोगे?"

कर्ण को आश्चर्य होता है। अर्जुनजननी, पंच पांडवों की माता भीख माँगने शाम के वक्त कर्ण के पास आई हुई हैं। अचानक इस बात पर विश्वास नहीं होता है। उन्होंने कुंती से पूछा, "भीख माँगने आई है? और वह भी मुझसे, ठीक है, मेरे पौरुष एवं धर्म के अतिरिक्त जो चाहें आप माँग लें।'

आँसू गिराते हुए कुंती ने कहा, "बेटा, मैं तुम्हें लेने आई हूँ। एक प्यासी माँ की ममता भरी गोद में तुम्हें लेने आई हूँ।"

महाभारत की कहानी लगभग सभी को मालूम है, लेकिन मंच पर कर्ण एवं कुंती का अभिनय इतना स्वाभाविक एवं वास्तविक रूप में हो रहा है कि सभी दर्शक मूक होकर अभिनय का आनंद ले रहे हैं। कुछ वृद्धाएँ कुंती के हृदय की व्यथा को महसूस कर अपने पल्लू से आँखें भी पोंछ रही थीं।

कुंती की बातों को सुनकर कर्ण ने कहा, "देवी, आपकी वाणी मुझे एक स्वप्न की दुनिया में ले जा रही है। मैं आपकी बातों से धीरे-धीरे मोहित होता

जा रहा हूँ। चाहे आप की बातें सत्य हों या कल्पना, हे राजमाता थोड़ी देर के लिए आप अपने ममता से भरे कोमल हाथ मेरे सिर पर रख दें। लोगों से सुना था कि मेरी माँ ने मुझे पैदा होते ही त्याग दिया था। कितनी बार मैंने रात में स्वप्न देखा कि घूँघट काढ़ी हुई मेरी माँ मेरे पास आई है, लेकिन जब भी रोते-बिलखते हुए मैंने उनसे घूँघट हटाकर ममतामयी चेहरे को दिखाने के लिए विनती की, वह अदृश्य हो गई। क्या वही स्वप्न आज पांडव जननी के रूप में साकार होकर मेरे सामने हाजिर है? लेकिन क्यों? कल प्रातः काल महारण शुरू होगा और आज अर्जुन जननी के कंठ से यह अभूतपूर्व मातृ स्वर क्यों? अचानक पंच पांडवों को अपना भाई जानकर मैं क्यों व्याकुल हो रहा हूँ? देवी फिर से आप कहो कि मैं आपका बेटा हूँ—अब बेटे को माँ मिलेगी, माँ को अपना पुत्र।''

कर्ण के सिर पर हाथ फेरती हुई कुंती बड़े प्यार से कहने लगती है, ''मेरा बेटा, मेरा बच्चा मेरे लाडले।''

अचानक प्राप्त इस लाड़-प्यार से कर्ण की प्रतिक्रिया कुछ अलग सी होती है। कर्ण के चरित्राभिनेता का वास्तविक अभिनय देखने लायक था। जिस मातृस्नेह के लिए उसने जीवन भर हाहाकार किया, आज बिना माँगे ही वह स्नेह प्राप्त करने के बाद भी अपने मानसिक द्वंद्व को उसने बहुत ही सुंदर ढंग से व्यक्त करते हुए कहा, '' अगर मैं आपका बेटा ही हूँ तो आपने क्यों कुलकलंक समझकर मातृ-स्नेह से वंचित कर मुझे त्याग दिया था? जन्मलग्न से मैंने अपनी जननी से अनादर ही क्यों पाया? आपने मुझे हमारे सगे भाइयों से हमेशा के लिए क्यों दूर हटा दिया? क्या इसलिए अनजाने में अर्जुन से मेरा अदृश्य लगाव हिंसा-द्वेष में बदल गया? लेकिन आज अचानक आप मुझे वापस लेने क्यों आई हैं—यह तो बताएँ?''

कर्ण की फटकार सुनकर कुंती रोती हुई कहने लगी, ''बेटा, मेरी यह फटकार मुझे अवश्य ही प्राप्य था। लेकिन सच कहूँ कि पाँचों पांडवों को छाती से लगाकर भी मेरा कलेजा ठंडा नहीं होता था बेटा। जिस बच्चे को मैंने मातृस्नेह से वंचित कर रखा था, उसी के लिए मेरा दिल हमेशा कराहता रहता था। बेटा जनम के बाद मैंने तेरी मधुरवाणी सुनने से अपने को वंचित किया

था, आज बेटा उसी जुबान से कह दे कि तूने अपनी माँ को क्षमा किया। तेरी फटकार से तेरा क्षमादान ही मुझे, मेरे दिल को अधिक दग्ध करेगा।''

कुंती के मातृत्व का हाहाकार, कर्ण की भर्त्सना दोनों का अपूर्व अभिनय दर्शकों को जैसे महाभारत के युग में ले गया। अपने पारिपार्श्विक भूलकर प्रत्येक दर्शक मंच पर अपनी निगाह इस प्रकार जमाए है, जैसे कि वास्तव में वे कुंती एवं कर्ण के संवाद सुनने के लिए कई हजार साल पीछे लौट गए हैं।

कर्ण के ओंठ हिलते ही दर्शक उत्कर्ष हो उठे। कर्ण ने कहा, ''माँ, आप मुझे रुलाएँ, जितना चाहे रुलाएँ, लेकिन आपकी चरणरज मेरे सिर माथे हमेशा रहेगी।''

अपना उद्देश्य व्यक्त करते हुए कुंती कर्ण से कहती है, ''बेटा, तुझे अपना अधिकार दिलाकर, सारे अपमान भुलाकर अपने पाँचों भाइयों के अग्रज के रूप में सिंहासन पर बैठाने के लिए आज मैं तेरे पास आई हूँ। अपने बाहुबल से रत्न सिंहासन पर आसीन होकर अखंड प्रताप से राज्य शासन करने के लिए ही मैं तुम्हें बुलाने आई हूँ।''

कुंती की बातों को सुनने के बाद कर्ण की अद्भुत प्रतिक्रिया उसके चेहरे पर झलक उठी! कर्ण के चरित्र निभानेवाले अभिनेता अपनी अभिव्यक्ति एवं अभिनय से दर्शकों को अपनी मानसिकता के बारे में स्पष्ट करते हुए कहते हैं, ''मातः, मैं एक सूत पुत्र हूँ, राधा मेरी माता है—इसी में मैं अधिक गौरवान्वित हूँ।'' पांडव एवं कौरव अपने-अपने स्थान पर बने रहें—मुझे किसी से ईर्ष्या नहीं है। आपने तो मेरे जन्म लग्न से ही मेरी माँ के साथ, भाई के साथ, राजकुल के साथ सारे नातों को हमेशा के लिए समाप्त कर दिया था। उस समय सूत पत्नी राधा ने मुझे अपनी छाती से लगाकर मातृस्नेह से पाल-पोसकर सारे लाड़-प्यार से मुझे बड़ा किया। आज अगर राजमाता अर्जुन जननी को मैं अपनी माता कहकर स्वीकार करूँ—धिक्कार है मुझे! धिक्कार मेरी विवेक-बुद्धि को। कुरुराज के पास मैं वचनबद्ध हूँ, राज सिंहासन के लालच में उनसे नाता तोड़ना भी एक वीर का अपने कर्तव्यों से च्युत होना है। इस तरह के विचार मन में उत्पन्न करना भी एक वीर के लिए अपमानजनक हैं देवी।

कर्ण की दृढ़ता देखकर कुंती अपने को कोसती हुई कहती है, ''बेटा तुम

धन्य हो। लेकिन धर्म का यह इतना कठोर निर्देश! किसे मालूम था कि एक अभागिन जननी को अपने परित्यक्त पुत्र से भी ऐसी कठोर धर्म की बातें सुननी पड़ेंगी।''

लेकिन अर्जुन जननी के उद्देश्य समझकर वह वीर, उन्हें आश्वस्त करते हुए कह उठा, ''माँ, आपको डरने की कोई आवश्यकता नहीं है। मैं आपको वचन देता हूँ कि पांडवों की जीत होगी। मैं रात के तारों से सजे आकाश में युद्ध-परिणाम को प्रत्यक्ष देख चुका हूँ, कौरवों की हार तो होनी ही है, लेकिन आप मुझे उनका साथ छोड़ने के लिए न बुलाएँ माता।''

एक लंबी साँस छोड़कर कर्ण के चरित्राभिनेता ने उदास आँखों से राजमाता कुंती से कहा, ''मैं आपसे दृढ़तापूर्वक कहता हूँ कि पंच पांडव विजयी बनें, राजा बनें—मैं तो पराजित कौरवों का ही साथ देता रहूँगा। जैसे मेरे जन्म लग्न में आपने मुझे त्याग दिया था, आज भी मुझे उसी तरह त्याग दें, लेकिन आशीर्वाद दें कि विजयी बनने के लिए, राज्य एवं यश प्राप्त करने के लिए मैं एक वीर के कर्तव्य से कभी भी पीछे न हटूँ।''

कर्ण कुंती को प्रणाम करते हैं और कुंती आँसू बहाते हुए कर्ण को आशीर्वाद देती हैं। फिर कुछ देर के लिए मंच पर अंधकार होते ही तालियों की गड़गड़ाहट शुरू हो जाती है, जो थमने का नाम ही नहीं लेती।

वास्तव में अभ्रराय ने तो करामात ही कर दिया। एक साधारण लिपिक के पद पर काम करनेवाले व्यक्ति ने नाट्य अभिनय, नाट्य निर्देशन, ध्वनि-संयोजन एवं प्रकाश व्यवस्था पर नियंत्रण करके एक ऐसा माहौल तैयार कर दिया है कि जानी हुई घटना भी हम दर्शकों को साँस बंद करके नाटक देखने के लिए बाध्य कर रही है। पुनः मंच पर रोशनी होते ही नेपथ्य से उद्घोषक घोषणा करते हैं, ''कुरुक्षेत्र के मैदान में कर्ण के निधन के बाद।''

हमने देखा कि मंच पर धृतराष्ट्र, गांधारी, विदुर, युधिष्ठिर, कुंती एवं कुछ और लोग उपस्थित हैं। सभी शोकाकुल हैं, लेकिन कर्तव्य के प्रति वे उदासीन नहीं हैं।

परिस्थिति को स्वाभाविक बनाने के लिए नाट्य-निर्देशक ने महाभारत से कुछ संवाद प्रस्तुत किए। परदा हटते ही धृतराष्ट्र युधिष्ठिर से कुरुक्षेत्र के

इस युद्ध में परमगति प्राप्त हुए वीरों की संख्या एवं सौभाग्यशाली जीवित वीरों की संख्या पूछते हैं।

युधिष्ठिर ने धृतराष्ट्र से कहा, ''हे कौरवनाथ, इस युद्ध में एक सौ छियासठ करोड़ बीस हजार वीरों ने परमगति प्राप्त की एवं चौबीस हजार एक सौ पैंसठ योद्धा पलायन कर गए।

तदनंतर धृतराष्ट्र ने युधिष्ठिर से उन अनाथ, निर्वांधन वीरों के अंतिम संस्कार करवाने की व्यवस्था करने के लिए कहा। पुरोहित धौम्य, महात्मा विदुर, महामति संजय इत्यादि परम धार्मिक लोग युधिष्ठिर के कहने पर दाहकार्य संपन्न कराकर गंगातट पर जब उदक कार्य संपन्न करते हैं तो युधिष्ठिर कुछ मंत्र पढ़कर एक अंजलि जल फेंकते हैं—'उदक कार्य करिष्यामि'।अचानक कुंती पंच पांडवों से कहती हैं, ''ऐ मेरे पाँचों पुत्रो! वह वीर जिसका महावीर अर्जुन ने युद्ध में संहार किया, जिसे तुम राधा गर्भजात सूतपुत्र के नाम से जानते थे, जो कौरव सेना के बीच ज्योतिष्मान सूर्य की तरह हमेशा देदीप्यमान रहा करता था, इस धरती पर जिसके समान बलशाली कोई दूसरा पैदा नहीं हुआ है, जिसे यश, राज्य का कोई लोभ नहीं था, उस महान् वीर कर्ण के लिए तुम सब जलांजलि प्रदान करो। वह कवच- कुंडलधारी महावीर कर्ण तुम्हारे ज्येष्ठ सहोदर थे। देवता सूर्य से प्राप्त कर्ण को मैंने अपनी कोख में ही पाला था।''

मंच व्यवस्थापक ने स्टोव लाइट जला-बुझाकर एक अजीब-सी गति मंच पर पैदा की और सभी चरित्र पागल जैसे दौड़ते हुए, भागते हुए क्षण भर के लिए दिखाई पड़े—बत्ती बुझते ही एक जगह खड़े होकर युधिष्ठिर ने कहा, ''मातः आपकी बात ने हमें अस्थिर कर दिया। आप यह क्या कह रही हैं? महावीर कर्ण हमारे ज्येष्ठ भ्राता थे? आपने सूर्य देवता से कैसे महावीर को प्राप्त किया था? जिनके प्रबल प्रताप को अर्जुन के अतिरिक्त और कोई प्रतिहत नहीं कर सका, ऐसे अद्‌भुत तेजस्वी महावीर को आपने-अपने आँचल में कैसे छिपा रखा था। उचित विक्रम महावीर कर्ण हमारे ज्येष्ठ भ्राता के बारे में आपने यदि कभी भी हमें संकेत दिया होता तो इस भयंकर युद्ध में हमें यह दुःख नहीं भोगना पड़ता। उनकी मृत्यु का कारण बनने के कारण हमारा हृदय आग जैसा धधक रहा है। पहले ज्ञात होने पर पांडव एवं कौरवों को युद्ध में इतनी हानि

नहीं होती। हे कर्ण, आप हमारी अज्ञानता को क्षमा करें। हमारे ज्येष्ठ भ्राता, हमें क्षमा करें।''

किसका अभिनय देखूँ। हर चरित्र निभानेवाला व्यक्ति इतना सुंदर अभिनय कर रहा है कि लग रहा है— 'डेनियल एंड कूपर' कोई इंजीनियरिंग संस्था नहीं, बल्कि एक उच्चकोटि की नाट्य-संस्था है। युधिष्ठिर के चरित्राभिनेता ने एक ही डायलॉग में तालियाँ बटोर लीं।

रोते हुए युधिष्ठिर जलांजलि प्रदान करते हैं। फिर कुंती से युधिष्ठिर कहते हैं, ''यह मेरा अभिशाप रहेगा कि आज से औरतें एक भी बात छिपाकर अपने मन में नहीं रख सकेंगी। उनकी बातें छिपाकर रखने की आदत के कारण ही यह पारिवारिक सर्वनाश हो गया। हे हमारे ज्येष्ठ भ्राता, आपके निधन के लिए हम सब बराबर के दोषी हैं। हमें क्षमा करें।''

इन्हीं डायलॉग के साथ भारतीय जोन में धीरे-धीरे अंधकार हो जाता है।

अचानक फूट-फूटकर रोने की आवाज सुनकर मैंने अपने बगल में देखा। देखा कि तितली फफक-फफककर रो रही है। दोनों आँखों से आँसू की धारा बह रही है।

वास्तव में कुंती के चरित्र को निभानेवाली अभिनेत्री ने गजब का अभिनय करके एक माता के हृदय की वेदना को मूर्तरूप दिया है। बेशक वह पेशेवर ही होगी, लेकिन बेजोड़ अभिनय किया है।

मैंने तितली को समझाने की कोशिश की। मैंने कहा, ''कर्ण और कुंती की कहानी तुम्हारे लिए अनजान नहीं है, थोड़े दिन पहले टी.वी. के परदे पर भी देख चुकी हो। फिर इतनी विचलित क्यों हो रही हो?''

लेकिन मेरी बातों का जवाब दिए बगैर तितली लगातार फफकने लगी। समझ रहा हूँ, वह अपने को सँभालने की कोशिश कर रही है। बीच-बीच में वह कुछ बुदबुदा भी रही है। दर्शकों के कोलाहल, अभिनय की तारीफ और बहुत सारे कंठस्वरों की मिश्रित आवाजों के कारण मैं तितली की बातों को समझ नहीं पाया।

अपने बाएँ हाथ से तितली की दाहिनी भुजा पर हलका सा दबाव देकर मैं उसे सांत्वना देने की कोशिश करने लगा।

यूनानी पुराण का पिछला दृश्य दर्शकों के मन में एक अजीब उत्कंठा पैदा कर रहा है। इसी वजह से सभी लोग अगला दृश्य देखने के लिए बेहद उत्सुक हैं।

नहीं-नहीं, मुझसे और सहा नहीं जा रहा है। ऐसा लग रहा है कि सत्रह साल से रोका गया आँसू बाढ़ की तरह मेरी आँखों से अभी बह आएगा। आयन और क्रूसा, कर्ण एवं कुंती एक साथ मेरे दिल को जला रहे हैं।

क्रूसा का यह कैसा शक है? जिस किशोर को देखते ही उसके मातृस्नेह की अतृप्त कामना जाग उठी, जिसे अपनी छाती से लगाने के लिए वह तरस रही थी—उसी आयन को राजा युथास की अवैध संतान समझकर वह शक कर रही है? अपने सेवक के साथ साजिश रचकर उसी को जहर पिलाकर मारने का षड्यंत्र रच रही है?

मैं अपने मन में कह उठी थी, ''नहीं, नहीं, क्रूसा ऐसा काम मत कर। अपने ही बेटे को, अपने ही खून-मज्जा से तैयार अपने जीवन के पहले फल को पहचानकर भी तू अनजान क्यों बन रही है?''

मुझे समझ में आ रहा था कि मेरे दिल को कुरेदनेवाले विचार अस्पष्ट शब्दों में जुबान से निकल रहे थे—''अब ठीक हुआ न? तेरे ही वफादार सेवक ने तेरा षड्यंत्र सबको बता दिया। सभी लोग तुझे जब पत्थर फेंक-फेंककर मार डालेंगे, तू अपने को कैसे बचाएगी? राजा युथास को तो अभी तक मालूम नहीं है कि आयन, शादी से पहले पैदा हुई तेरी ही संतान है। तब? आखिर यह शर्म क्यों? अपनी शर्म त्यागकर आयन को अपनी छाती से लगा ले—कलेजा ठंडा हो जाएगा।''

ओफ हो! शायद मेरा दिमागी संतुलन ही बिगड़ गया है। क्रूसा का अभिनय देखते-देखते बार-बार गलती क्यों हो रही है, मुझे समझ में नहीं आ रहा है। शुरू से ही क्रूसा के साथ अपने को मिला लेने की वजह से ही शायद यूनानी जोन में अभिनय समाप्त होते ही मैं मानसिक उलझन में फँसती जा रही हूँ। आयन का अंत जानने के लिए आखिर मैं इतनी व्याकुल क्यों हो रही हूँ?

मुझे लगा था कि मंच पर अंधकार होते ही शायद सुमन ने मुझसे कुछ पूछा था। तालियों की गड़गड़ाहट के बीच मैं क्रूसा के बारे में सोच रही थी, लिहाजा सुमन की बातें मेरे कान में नहीं पहुँची।

क्रूसा के बारे में सोचते-सोचते कब से मैं अपने बारे में सोचने लगी हूँ—मुझे खुद नहीं मालूम है। सोचा, पिछले चौदह साल से सुमन को अपनी बातें बताने की हजारों कोशिश के बावजूद मैं क्यों कह नहीं पा रही हूँ?

मेरी शर्म, मेरी हिचकिचाहट, पति प्राप्त करने के बाद भी उसे खोने का डर—यही सारी चीजें मुझे निरंतर रोक रही हैं। इसी वजह से शायद मैं सुमन को अपनी बातें नहीं बता पा रही हूँ—यही बातें मेरी छाती पर बोझ बनी हुई हैं।

मंच पर बत्तियाँ जल उठी हैं। भारतीय पुराण के जोन में कुंती कर्ण को अपना परिचय देकर उसे अपनी छाती से लगाना चाहती थी, लेकिन कर्ण तो कुंती के निकट आए नहीं। उन्होंने कुंती को दुत्कार कर, अपनी कानीन माता की भर्त्सना की।

दूसरे ही दृश्य में कर्ण की मृत्यु पर कुंती का हाहाकार, उसके मातृहृदय की बेचैनी, अपने प्रथम पुत्र की मृत्यु को प्रत्यक्ष कर अक्षम माता की मानसिक पीड़ा—अभिनेत्री ने इतने यथार्थ ढंग से उजागर की कि मेरे दिल के तने हुए तार पर भयानक चोट लगी, जिसने मुझे बेकाबू कर दिया।

युधिष्ठिर ने अभिशाप दिया था, ''आज से औरतें एक भी बात छिपाकर रखने में असमर्थ होंगी।'' लेकिन मैंने तो आज भी अपनी बातें सुमन से छिपा रखी हैं। कई बार कोशिश करने के बावजूद भी मैं आज तक अपनी बातें सुमन से नहीं कह सकी। मैं सुमन से कह नहीं पाई कि जिसे तुम अनाघ्रात पुष्प समझते हो, वह अनाघ्रात नहीं है।

क्यों सुमन, क्यों तुम 'एक और कर्ण' नाटक दिखाने के लिए मुझे ले आए? क्रूसा और कुंती ने मुझे काफी असहाय बना दिया है। नहीं, नहीं—क्रूसा और कुंती नहीं, आयन और कर्ण ने मेरी सुप्त मातृत्व की भावना को जगाकर मेरी अंतरात्मा को चकनाचूर करके मुझे बेबस कर दिया है।

मैं अपने आँसुओं को और रोक नहीं पा रही हूँ। नाटक के एक के बाद

एक दृश्य को देख रही हूँ और मेरे दिल के घाव उभरते जा रहे हैं। आँखों के सामने सब कुछ धुँधला बनता जा रहा है। समझ रही हूँ कि आँसुओं से मेरी छाती गीली होती जा रही है। सत्रह साल पहले के सारे दृश्य मेरे मन के परदे पर उज्ज्वल होकर, पता नहीं कहाँ, मुझे बहा ले जा रहे हैं।

समझ में आ रहा है कि सुमन मेरे दाएँ बाजू पर हलका सा दाब डालकर मुझे ढांढ़स बँधाने की कोशिश कर रहा है। कैसे वह मुझे सांत्वना दे सकता है? उसे तो मेरे मन की पीड़ा के बारे में कुछ भी नहीं मालूम है।

शायद सुमन सोच रहा है कि नाटक के अभिनय ने ही मुझे विचलित कर दिया है, नाटक के प्रभाव से ही मैं अपने आपको सँभाल नहीं पा रही हूँ। बात कुछ हद तक तो सही जरूर है। नाटक के क्लाईमैक्स जानने के लिए सभी उतावले हैं।

अच्छा, तितली तब से क्या गिड़गिड़ा रही है? क्या वह नाटक के डायलॉग याद कर रही है? हाऊ फनी! पिछले चौदह साल में हम दोनों ने बहुत से नाटक और पिक्चर देखे हैं—ऐसा तो कभी भी नहीं देखा। आज के नाटक ने उसे जितना विचलित कर दिया है, पहले कभी किसी नाटक ने तो ऐसा नहीं किया।

आखिर, इसकी वजह क्या है? अचानक तितली इस ढंग से बदल क्यों गई? घर लौटकर इस बारे में उससे बातें करनी होगी।

भारतीय पुराण के जोन पर अँधेरा छा गया। लगता है कि कर्ण की मृत्यु और कुंती के अफसाने के बाद नाट्य-निर्देशक ने इस जोन पर परदा गिरा दिया। वाकई इस जोन पर कर्ण की मृत्यु के बाद, कर्ण से संबंधित कुछ दिखाने को रहा भी नहीं।

यूनानी पुराण के जोन पर हलकी रोशनी फैल रही है। शायद इधर भी अब क्लाईमैक्स ही होगा। पिछले दृश्य के बाद से ही नाट्य-निर्देशक ने क्रम आगे बढ़ाया है।

जब रानी क्रूसा को मालूम हुआ कि उन्हें मार डालने के लिए सब तैयार

हैं, तो चुपके से वह अपोलो मंदिर के अंदर चली गई थी। हम देख रहे हैं कि अपोलो की विशाल मूर्ति के पायदान के पीछे गठरी बनकर चुपचाप छिपी वह अपने खून के प्यासों के हाथ से अपने को बचाने की कोशिश कर रही है।

जब रानी क्रूसा की तलाश में सभी मंदिर के अंदर गए तो अचानक आयन की निगाह उस पर पड़ी।

नाट्य-निर्देशक ने संपूर्ण यूनानी जोन को ही मंदिर के अंदरवाले हिस्से में बदल दिया है। सेंट्रल एंट्रेंस के पास ऊँचे एक पायदान पर देवता अपोलो का एक बहुत सुंदर कटआउट खड़ा करवाकर मंदिर के अंदर के भाग सजेस्ट कर रहे हैं। प्रकाश व्यवस्था और संगीत के इफेक्ट की वजह से सारा मंच एक मंदिर का अंदरूनी भाग जैसा प्रतीत हो रहा है।

रानी क्रूसा को देखते ही आयन उन्हें फटकारने लगा। रानी क्रूसा से उसने पूछा, ''आप सिर्फ मेरे एक प्रश्न का जवाब दीजिए। आप बताइए कि मैंने आपको कौन सा नुकसान पहुँचाया कि आपने मुझे मार डालने के लिए षड्यंत्र रचा था? क्यों आप मुझे मारना चाहती थीं।''

रानी क्रूसा चुप बैठी है। वह स्वीकार नहीं कर सकती है कि राजा युथास पर संदेह हो जाने की वजह से वह आयन को मारना चाहती थी। उसके पुत्र-स्नेह और शक की युग्म अभिव्यंजना को अभिनेत्री ने बड़ी कुशलता से अभिव्यक्त किया।

अचानक देलफि के मंदिर की पुजारिन ने कहा, ''देलफि के मंदिर की सीढ़ी पर लेटे उस मासूम बच्चे को मैंने अपने सारे लाड़-प्यार से इतना बड़ा किया। अचानक यह क्या हो गया? आज तक आयन को खुद नहीं मालूम है कि वह कैसे इस मंदिर में आया है। पता नहीं कौन अभागिन अपनी इज्जत बचाने के लिए उस मासूम बच्चे को इस मंदिर की सीढ़ी पर लिटाकर चली गई थी। किसी के साथ आयन की कोई दुश्मनी नहीं है—तब भी उसकी हत्या करने के लिए क्यों यह साजिश रची गई थी?''

पुजारिन की बातें सुनकर रानी क्रूसा को ऐसा लगा मानो उसके शरीर में करेंट लग गया हो। उसकी साँस करीब-करीब बंद हो रही थी। मजबूत हाथों से अपोलो के पायदान को पकड़कर उसने अपने को गिरने से बचा लिया।

आयन ने अपनी माँ से पूछा, "आप सच कह रही हैं?" पुजारिन ने कहा, "हाँ बेटा, सच कह रही हूँ, मैं अभी आई।"

मंदिर के किसी कोने से पुजारिन एक टोकरी और कुछ पुराने परिधान निकालकर ले आई और उस टोकरी तथा कपड़ों को देखकर रानी क्रूसा बहुत जोर से चीख पड़ी।"

सारी जनता और राजा युथास की भी परवाह किए बगैर वह चिल्ला उठी, "इन्हीं कपड़ों से ढककर तो मैंने अपने लाड़ले को टोकरी में सुलाया था। दासी से मैंने उसे एथेंस की गुफा में छोड़ आने के लिए कहा था। मैंने तो उसे इसी टोकरी में ही सुला दिया था। कपड़ों पर ये सिलाई भी तो मेरे ही हाथ की है। यह तो मेरा ही बेटा है।"

रानी क्रूसा का विलाप सुनकर किशोर आयन आश्चर्य-चकित होकर उसकी ओर देखने लगा। यकीन नहीं होता। उसे खुद जानकारी ही नहीं है कि बचपन में ही उसे अपनी माँ से अलग होना पड़ा था। भँवर में फँसे आयन को समझ में नहीं आ रहा है कि वह क्या करे। पागल जैसी निगाहों से वह एक बार क्रूसा की ओर और एक बार पुजारिन की ओर देखने लगा। रानी क्रूसा का यह विलाप कितना वास्तविक है, उसे शक होने लगा। उसने कहा, "यह सब हो क्या रहा है? यह सच है या मैं कोई स्वप्न देख रहा हूँ?"

अचानक देवी एथेने का मंदिर में आविर्भाव हुआ। देवी ने कहा, "बेटा आयन तुम क्रूसा और अपोलो के ही बेटे हो।" उन्होंने कहा, "शर्म से पीड़ित होकर अपोलो इस बात को स्वीकार करने के लिए खुद मंदिर में नहीं आ सके, लेकिन जब क्रूसा ने अपनी दासी से आयन को एथेंस की गुफा में भिजवा दिया था, तब से अपोलो ही आयन की देखभाल कर रहे हैं।"

देवी एथेन ने रानी क्रूसा और सारी जनता से कहा, "गुफा के पास आयन के पहुँचते ही अपोलो खुद वहाँ पहुँच गए थे। उन्होंने दूत हरमेस को आदेश दिया था कि वह टोकरी सहित उस बच्चे को उठाकर देलफि के इस मंदिर की सीढ़ी पर लाकर उसे रख दें।"

'रात के अँधेरे में सीढ़ी पर टोकरी छोड़ जाने के कारण दूसरे दिन सबेरे पुजारिन को लगा था कि किसी कुमारी माता ने देवता की कृपा प्राप्त करने के

लिए अपने अनचाहे बच्चे को वहाँ छोड़ दिया है। उन्होंने कुमारी क्रूसा की निष्कासित संतान को अपनी छाती से लगा लिया था।''

पागल की तरह दौड़ती हुई रानी क्रूसा ने आयन को अपनी छाती से चिपका लिया। आयन का मस्तक चूमकर, उसके सारे बदन पर हाथ फेरकर, बार-बार उसे अपनी छाती से लगाकर अपनी अतृप्त कामना को वह तृप्त करने लगी। बार-बार कहने लगी, ''मेरा बेटा, मेरा बच्चा।''

अपनी जन्मदात्री माँ को पाकर आयन ने भी राहत की साँस ली। अपनी माँ को पाकर विह्वल आयन ने भी कहा, ''माँ, माँ, मेरी माँ'' इतनी जोर से तालियाँ बजने लगीं कि मानो कान के परदे ही फट जाएँगे। धीरे-धीरे मंच पर परदा गिरने लगा।

ऑडिटोरियम की बत्तियाँ जलते ही मैं चौंक उठा। इतनी देर तक मेरा सारा ध्यान मंच पर रहा, इसलिए मैंने तितली की ओर देखा नहीं था। अब तितली की ओर मुड़कर उससे ज्योंही बातें करनी चाहीं तो देखा कि वह अपनी दोनों बाँहों को फैलाए मंच की ओर दस कदम बढ़ चुकी है, मानो किसी को अपनी छाती से लगाना चाहती हो। उसकी दोनों आँखों से आँसू की धारा टपक रही है।

अपनी सीट छोड़कर तितली के पास मेरे पहुँचने से पहले ही अचानक तितली धाँय से फर्श पर मुँह के बल गिर पड़ी। दौड़ते हुए उसके पास पहुँचकर मैंने देखा कि तितली बेहोश हो गई है।

उधर दर्शकों के बाहर निकलने की होड़ मच गई। हर आदमी अभिनय वगैरह की भूरि-भूरि प्रशंसा कर रहा है। कई तो अभिनेता-अभिनेत्रियों को बधाई देने के लिए ग्रीनरूम की ओर दौड़ पड़े।

मैं तितली की अचेत देह को देखता बेवकूफ की तरह खड़ा रहा। ऐसी परिस्थिति का सामना मैंने कभी नहीं किया है, लिहाजा पल भर के लिए मैं हतबुद्धि-सा हो गया।

फिर तितली को गोद में उठाकर हॉल से बाहर लाने के लिए मैं फर्श की ओर झुका।

स्कूल में फादर पीटर स्वयं हमें अंग्रेजी पढ़ाते थे। पटना के जिस स्कूल में मैंने नर्सरी कक्षा से पढ़ाई शुरू की थी, फादर पीटर वहाँ के अध्यक्ष थे।

सीनियर स्कूल सर्टिफिकेट परीक्षा से पहले अंग्रेजी व्याकरण पढ़ाते समय उन्होंने एक अंग्रेजी मुहावरा पढ़ाया था—'ए बोल्ट फ्रॉम द ब्लू।' चमकते हुए नीले आकाश से अचानक बिजली का गिरना। उस दिन मैं सोच तक नहीं पाया था, किस प्रकार से चमकते हुए आकाश से बिन बादल बिजली गिर सकती है। लेकिन कल उस मुहावरे का अर्थ अक्षरशः मुझे समझ में आ गया।

बात मुझे इतनी भयंकर उलझन में डाल गई कि उसका मतलब माँ से पूछने का साहस तक मैं इकट्ठा नहीं कर पा रहा हूँ। समझ में नहीं आ रहा है कि यथार्थता की जाँच किससे कराऊँ, माताजी से या बाबूजी से? मेरा कोई सगा भाई या बहन नहीं है। यदि होता तो शायद शक करने की कोई जरूरत ही नहीं रहती, लेकिन मेरे अलावा मेरे परिवार में मेरा हमउम्र और कोई न रहने के कारण ही यह बात मेरे दिमाग में एक गाँठ की तरह पड़ गई है।

हाल ही में हम कलकत्ता में आए हुए हैं। बाबूजी का ट्रांसफर कलकत्ते में अचानक हो गया है। अब तक हम पटना में ही रहते थे। राजेंद्र नगर के एक बड़े फ्लैट में हम रह रहे थे। जब से मैंने होश सँभाला, मैंने अपने को उसी फ्लैट में पाया। बचपन में उसे अपना ही समझता था, लेकिन बाद में मुझे मालूम हुआ था कि वह किराए का है।

बाबूजी अब तक पटना में ही पोस्टेड थे, लेकिन बीच में कई सालों तक वह पटना से बाहर रहे। महीने-दो महीने में दो-चार दिन के लिए वह पटना आ जाते थे। उसी वक्त माँ ने कहा था कि करीब चौबीस साल पहले बाबूजी की पहली पोस्टिंग पटना में ही हुई थी। मैंने जोड़ा था कि मेरी पैदाइश के करीब सात साल पहले से उन्होंने नौकरी शुरू की थी।

फिर उसके बाद बाबूजी का दो-तीन बार तबादला हुआ। बचपन में मैंने देखा था कि बीच-बीच में बाबूजी घर से गायब हो जाते थे। अचानक दो-चार दिन वह दिखाई देते थे। माँ कहती थी—"तेरे बाबूजी काम पर गए हैं।"

जब मैं कक्षा पाँच में था, तभी से मुझे मालूम हो गया था कि बार-बार

जगह बदलने से मेरी पढ़ाई में रुकावट उत्पन्न हो सकती है, यह सोचकर ही माँ कहीं जाना नहीं चाहती थी। बाबूजी के तबादला होने पर, वह अकेले ही अपनी नई जगह पर चले जाते थे। माँ और मैं पटना में ही रह जाते थे। खैर! कलकत्ते में आने से पहले बाबूजी का तबादला पटना में दोबारा हो गया था।

इसी साल मैंने पटना से सीनियर स्कूल सर्टिफिकेट की परीक्षा दी है। सत्रह साल मैंने पटना में ही बिताए, लेकिन इस बार, बाबूजी को एक प्रमोशन मिल जाने के कारण और वहाँ रहा नहीं जा सका। अब तक उनकी प्रमोशनिंग पोस्ट खाली न रहने के कारण पोस्टिंग हो नहीं रही थी।

अचानक इस्टर्न जोन में बाबूजी की प्रमोशनिंग पोस्ट खाली हो जाने से उनकी पोस्टिंग कलकत्ते में ही हो गई। करीब दस दिन हुए बाबूजी ने इनकमटैक्स कमिश्नर का पदभार सँभाला है। माँ भी कलकत्ते की ही निवासी है, लिहाजा बाबूजी के तबादले पर माँ सबसे ज्यादा खुश है, क्योंकि अब नियमित ढंग से अस्सी साल की मेरी नानी से उसकी मुलाकात हो सकेगी।

पटना में जिस मिशनरी स्कूल में मैं पढ़ता था, वहाँ फादरपीटर से लेकर सभी अध्यापक-अध्यापिकाएँ मुझे बहुत चाहते थे, क्योंकि हर साल पढ़ाई, स्पोर्ट्स, डिबेट, रेसिटेसन वगैरह हर कंपीटीशन में मुझे ही पहला इनाम मिलता रहा। मुझे यह साफ एहसास है कि मेरे पिता-माता को मुझ पर नाज है। उनके प्यार का तो कोई सवाल ही नहीं है।

घर पर माँ ने मुझे बँगला सिखाई है। सिखाते समय माँ कहती थी, कितनी शर्म की बात होगी कि अगर तू बंगाली परिवार का होकर भी बँगला बोलने, लिखने और समझने में अक्षम होगा।

लिहाजा मैंने बँगला सीख ली और शायद अब यह कहना भी अनुचित नहीं होगा कि मैं अपने बंगाली दोस्तों और उनके माता-पिताओं से भी बेहतर ढंग से बँगला बोल सकता हूँ, लिखते वक्त भी मैं एक भी गलती नहीं करता हूँ। माँ चाहती हैं कि सेकेंड्री स्कूल परीक्षा के बाद मैं बँगला में भी कोई परीक्षा पास करूँ।

लेकिन आज मुझे लग रहा है कि अगर मैंने बँगला नहीं सीखा होता, तो शायद अच्छा होता। न सीखने पर कम-से-कम मुझे अपनी 'मृत्युबाण' पढ़ने का

मौका नहीं मिला होता और न मैं इस तरह एक भँवर में फँस गया होता। समझ गया—यह और किसी की नहीं मेरी ही किस्मत है। किस्मत नहीं—यह मेरी ही बदकिस्मती है।

दो दिन पहले पटना से हमारा सारा सामान ट्रक से लदकर हमारे सदर्न एवेन्यू के फ्लैट पर आ पहुँचा है। पटना में रहते ही बाबूजी ने इस फ्लैट को बुक किया था। शायद तब से ही बाबूजी का इरादा कलकत्ते में बसने का था। साल भर पहले बाबूजी अकेले आकर फ्लैट का पजेशन लेकर ताला लगाकर चले गए थे। बीच-बीच में कलकत्ता आकर वह इसकी रखवाली भी कर जाते थे।

कलकत्ते में तबादला मिलते ही वह हमें लेकर यहाँ चले आए हैं। पटना से आकर सीधे इस फ्लैट में हमने कदम नहीं रखा था, क्योंकि यहाँ कुछ भी नहीं था। बाबूजी ऑफिशियल अकोमोडेशन लेना नहीं चाहते थे, क्योंकि हमारे सारे सामान आ जाते ही हम अपने फ्लैट में ही रह पाएँगे। नए पद पर 'जॉइन' करने के इरादे से हमारे पटना छोड़ने से चार दिन पहले ही वह कलकत्ता आ गए थे। मेरी ननिहाल में ही ठहरे थे।

पटना से सारा सामान भेजने का इंतजाम करके माँ और मैं चार-पाँच दिन पहले कलकत्ता आए हैं। नानाजी के घर में ही ठहरे हुए थे। दो दिन पहले बाबूजी ने कहा कि हमारा सारा सामान पहुँच चुका है और उसी दिन अपने फ्लैट में हम आ गए।

सारा सामान ड्रॉइंग-कम-डाइनिंग रूम में पड़ा था। कल माँ, मैं और पटना से हमारे साथ आया हुआ हमारा नौकर रामहरख उन सारे सामानों को ठीक ढंग से रखने की कोशिश कर रहे थे। अभी तक कोई और नौकर नहीं मिला है, इसलिए हमें ही सब काम करने पड़ रहे थे।

बहुत सारे कागजों का एक पुलिंदा मेरे हाथ में थमाते हुए माँ ने कहा था, "जा बेटा अयन, इसे मेरे बेडरूम की अलमारी के लॉकर में रख दे। सँभालकर रखना, क्योंकि इसी में तेरे बाबूजी का सबकुछ है।"

मैं उस पुलिंदे को सँभालकर ही ले जा रहा था। माँ के बेडरूम में जाकर बाएँ हाथ में उसे लेकर दाहिने हाथ से अलमारी का हैंडिल घुमाया। अलमारी

नहीं खुली। मैंने सोचा था कि शायद अलमारी बंद है। वहीं से मैं चिल्लाया था, "माँ अलमारी तो बंद है। चाबी कहाँ है?"

माँ ने कहा था, "खुली है रे बेटा। शायद ट्रांसपोर्टेशन के वक्त कुछ गड़बड़ हुआ है। अलमारी के पल्ले में नीचे की ओर पैर से दबाकर हैंडिल घुमा दें—खुल जाएगी।"

मैंने भी उसी तरह से अलमारी खोलने की कोशिश की अलमारी तो खुल गई, लेकिन साथ ही में पैंडोरास बॉक्स भी खुल गया। शायद अलमारी खोलते समय बाएँ हाथ की मुट्ठी ढीली पड़ गई थी, लिहाजा सारे कागजात उस पुलिंदे से निकलकर फर्श पर फैल गए।

मैंने सारे कागजों को जल्दी से उठा लिया। उठाते वक्त मैंने देखा कि मेरे बाबूजी के 'सब कुछ' और कुछ नहीं, बल्कि कुछ नेशनल सेविंग्स सर्टिफिकेट्स, कुछ शेयर के कागजात और एक कोर्ट स्टैंप पेपर।

स्टैंप पेपर की तह खुल गई थी। उसे ठीक ढंग से रखते समय देखा कि उस पेपर पर बँगला में कुछ लिखा हुआ है। बहुत ही अस्पष्ट हस्ताक्षर में लिखा हुआ कुछ लगा।

बँगला में लिखे हुए स्टैंप पेपर देखकर मुझे बहुत आश्चर्य हुआ था। बड़ी उत्सुकता से मैंने उसे पढ़ना शुरू किया था।

पेपर के नीचे बहुत ही अस्पष्ट एक हस्ताक्षर देखा, लेकिन पढ़ नहीं पाया। पहचान भी नहीं पाया कि वह किसका है, लेकिन ठीक उसी के बगल में माँ और बाबूजी के साफ-साफ हस्ताक्षर हैं। स्टैंप पेपर के बाईं ओर स्पष्ट अक्षरों में गवाह लिखकर श्रीमती मिंती गुप्ता और प्रकाश गुप्ता के हस्ताक्षर हैं। उनके नाम के नीचे पटना का एक पता लिखा है।

काफी मेहनत करके अस्पष्ट हस्ताक्षर में लिखे हुए उस कागज का कुछ अंश पढ़कर, कुछ अंदाज लगाकर मैंने महसूस किया कि अगर मैं उसे न पढ़ता तो अच्छा ही होता। स्टैंप पेपर में लिखे गए एग्रीमेंट को पढ़कर मुझे चक्कर आने लगा था। दोनों हाथ थर-थर काँपने लगे थे।

पाँच रुपए का स्टैंप पेपर दुबारा मेरे हाथ से नीचे गिर गया, क्योंकि एक ही सवाल मेरे दिमाग को कुरेदने लगा था—'क्या स्टैंप पेपर में लिखा

हुआ यह पुत्र मैं हूँ?'

मेरा कोई भाई या बहन नहीं है। फिर मेरे अलावा यह और कौन हो सकता है? यह कैसे संभव हो सकता है? जिन्हें मैं अपने माता-पिता के रूप में जानता हूँ-क्या वे मेरे अपने नहीं हैं? जिन्होंने इस तरह का एग्रीमेंट लिखकर मुझे दान दे दिया है, क्या वह ही मेरी माँ हैं? क्यों उन्होंने मुझे दान दे दिया था?

एक के बाद एक सवाल ने मेरे दिमाग को उलझन में डाल दिया। अगर पटना में रहते ही यह स्टैंप पेपर मेरे हाथ में लग गया होता तो मैं मिंती गुप्ता और प्रकाश गुप्ता से इस तथ्य की सच्चाई के बारे में पता लगा सकता था।

कल ही मैंने निश्चय कर लिया है कि मुझे इस बात की जड़ तक पहुँचना है। मुझे हर कीमत पर मेरे जन्म रहस्य के बारे में पता लगाना ही है।

आज मुझे अपने नाम के रहस्य का भी मतलब स्पष्ट हो गया है। बाबूजी मुझे 'आयन' कहकर पुकारते हैं, लेकिन माँ कलकत्ते की ठेठ बंगाली होने के नाते बाबूजी के 'आयन' पुकार सुनते ही झल्ला उठती हैं। कहती है, "हजार बार आपसे मैं कह चुकी हूँ कि सही शब्द 'आयन' नहीं 'अयन' है। किसी भी कीमत पर क्या आप सही उच्चारण नहीं कर सकते हैं?"

आज मैं समझ गया कि बाबूजी जान-बूझकर ही ऐसा कहते हैं। कुछ दिन पहले मैंने एक पुरानी किताब में यूनानी पुराण की एक कहानी पढ़ी थी। रानी क्रूसा के एक अवैध लड़के को देलफि के अपोलो मंदिर की पुजारिन ने पाल-पोसकर बड़ा किया था। उसने उस बच्चे का नाम आयन रखा था।

क्या मैं भी वैसा ही एक अवैध बच्चा हूँ? क्या इसीलिए ही मेरी जन्मदात्री माँ ने मुझे इन माँ-बाप के हवाले कर दिया था?

यही सवाल निरंतर साँप की तरह मेरे दिल-दिमाग में रेंग रहा है। किससे इस सवाल का जवाब पूछूँ—माँ से या बाबूजी से?

नहीं, ऐसे ही मैं चुप नहीं रहूँगा। जिस किसी भी तरीके से हो मुझे एक बार पटना जाना ही होगा। शायद माँ और बाबूजी मुझे अकेले जाने नहीं देंगे, लेकिन मुझे किसी भी बहाने, छल-कपट से जरूर पटना जाना होगा। मिंती गुप्ता और प्रकाश गुप्ता की तलाश करनी होगी। मुझे पता लगाना है कि मेरी जन्मदात्री माँ ने मुझे मातृस्नेह से वंचित क्यों कर रखा है? पिछले सत्रह साल

से मैंने किसे अपने माँ-बाप के रूप में पहचाना? क्या ये दोनों भी मुझे देलफि के मंदिर की पुजारिन की तरह पाल-पोस रहे हैं?

मैंने अपने से ही पूछा, "इज इट एन एनिग्मा आर ए बोल्ट फ्रोम द ब्लू?'

नाटक समाप्त होते ही हॉल से दर्शकों के बाहर निकलने की जल्दबाजी में शुरू में हमारे ऑफिस के बहुत लोगों को मालूम ही नहीं हो पाया कि बेहोश तितली फर्श पर पड़ी है।

तितली को दर्शकों के पैरों से कुचलने से बचाने के लिए मुझे कोशिश करते हुए देखकर सबसे पहले प्रशांत ही मेरे पास बढ़ आया। उसने मुझसे पूछा ही था कि मैं वहाँ खड़ा क्यों हूँ कि अचानक उसकी निगाह बेहोश पड़ी तितली पर पड़ी। तुरंत उसने आवाज देकर अपने कुछ सबोर्डिनेटों को पुकारा और उन्होंने तितली की निथर देह को उठाकर हॉल से बाहर लाकर एक बेंच पर सुला दिया।

उन्हीं लोगों में से कोई कहीं से एक गिलास पानी भी ले आया। हलके हाथों से वह तितली के चेहरे पर पानी छिड़कने लग गया था। कुछ लोग अपने हाथों में लिये नाटक के स्मरणिका को पंखे जैसा हिलाकर हवा करने का व्यर्थ प्रयास भी कर रहे थे, लेकिन तितली की बेहोशी खत्म नहीं हुई।

जब काफी देर तक तितली को होश में नहीं लाया जा सका, तो दफ्तर के कुछ और लोगों की मदद से उसे बेंच से उठाकर मैंने उसे अपनी गाड़ी की बैक सीट पर सुला दिया। घुटने मोड़कर करवट लेने की दशा में किसी तरह उसे सुलाया गया था।

अचानक इस दुर्घटना से मैं काफी उलझन में फँस गया था। इसके अलावा उत्साही सहयोगियों एवं परामर्शदाताओं के बहुत बड़े हुजूम ने मुझे और परेशान कर दिया था। दफ्तर का करीब हर आदमी बारी-बारी से आकर मुझे ढाढ़स बँधाता जा रहा था, जिससे मैं और अधिक शर्मिंदा महसूस कर रहा था।

थोड़ी ही देर में मैं डॉक्टर चौधरी के नर्सिंग होम में आ गया था। एडमिन का अमूल्य पुरकायस्थ मेरे साथ आया था।

तितली और मेरा सौभाग्य रहा कि डॉक्टर चौधरी घर वापस जाने के लिए सीढ़ी से नीचे उतर ही रहे थे कि हम वहाँ पहुँच गए। पोर्टिको में उनका ड्राइवर गाड़ी का इंजन चालू करके डॉक्टर चौधरी का इंतजार कर रहा था।

मुझे अपनी गाड़ी से उतरते देखकर डाक्टर चौधरी आश्चर्यचकित हो गए। इससे पहले कभी डॉक्टर के नर्सिंग होम में आने की आवश्यकता मुझे नहीं पड़ी थी। जब भी जरूरत होती है, मैं उनसे संबंध स्थापित कर लेता हूँ। वक्त मिलते ही वह हमारे घर पर पहुँच जाते हैं। काफी पुराना परिचय होने की वजह से यह विशेष सुविधा हमें मिलती है, हालाँकि आजकल उन्होंने घर पर जाकर आमतौर से मरीज देखने बंद कर दिए हैं।

मेरी गाड़ी के पास आकर उन्होंने मुसकराकर पूछा, "क्या बात है सेन साहब? अचानक नर्सिंग होम का मुआयना करने कैसे आ गए और वह भी इस ऑड आवर में?"

मैंने उनके प्रश्न का जवाब दिए बगैर ही गाड़ी की बैकसीट पर लेटी तितली के बेहोश शरीर की ओर इशारे से संकेत किया।

तितली को वहाँ पड़ा देख ही हालत की गंभीरता उन्होंने महसूस की। तुरंत इमरजेंसी से स्ट्रेचर मँगवाकर सहयोगियों की मदद से वह तितली को नर्सिंग होम के अंदर ले गए।

नर्सिंग होम में डॉक्टर के सामने तितली को पाकर मैंने काफी राहत महसूस की। नाटक के अंत में तितली के बेहोश हो जाने के समय से नर्सिंग होम पहुँचने के समय तक मैं काफी तनाव में था। अब डॉक्टर की उपस्थिति से और तितली के सारे खतरे टल जाएँगे, ऐसा सोचकर मैंने काफी रीलिवड् फील किया। गाड़ी लॉक करके मैंने एक सिगरेट सुलगाई।

अमूल्य से मैंने कहा, "आपका बहुत-बहुत शुक्रिया। आप अब घर जाएँ।'

उसने कहा, "लेकिन सर, मेरे चले जाने से आपको तकलीफ तो नहीं होगी? अगर फिर किसी कारणवश मेरी मदद की जरूरत हो?"

मैंने कहा, "डॉक्टर चौधरी हमारे फैमिली फिजिशियन हैं। उनके नर्सिंग होम में सभी इंतजाम हैं, इसलिए शायद आपकी मदद की जरूरत फिर नहीं पड़ेगी। आगे जरूरत होगी तो जरूर कहूँगा।" एक बार फिर से शुक्रिया अदा

करके मैंने अमूल्य को विदा किया।

नर्सिंग होम के अंदर पहुँचते ही एक नर्स ने कहा डॉक्टर चौधरी मरीज के साथ इमरजेंसी में है। मरीज को होश में लाने के लिए तमाम इंजेक्शन दिए जा रहे हैं, लेकिन अभी तक होश नहीं आया है।

मैं भी इमरजेंसी की ओर बढ़ा। एक नर्स को स्टैंड पर ग्लूकोज का बोतल लगाने की कोशिश करते देखकर समझ गया कि तितली को ड्रिप दिया जाएगा।

करीब आधे घंटे तक कोशिश करने के बावजूद डॉक्टर चौधरी तितली को होश में नहीं ला सके। तितली के हार्टबीटिंग, प्रेशर, पल्सरेट की जाँच करने के बाद उन्होंने मुझसे कहा, ''एव्रीथिंग नॉर्मल। नथिंग टू वरी। मैं मिसेज सेन को केबिन में शिफ्ट करवा दे रहा हूँ। फिलहाल दो-तीन बोतल ग्लूकोज सेलाइन चलने दीजिए, फिर देखा जाएगा। आप अगर चाहें तो केबिन में ठहर सकते हैं या घर से चक्कर लगाकर भी आ सकते हैं।'' थोड़ी ही देर में तितली को एक डीलक्स केबिन में भेज दिया गया।

मैंने सोचा कि मैं घर लौटकर क्या करूँगा? नर्सिंग होम में तितली को छोड़कर घर पर मैं किसके पास जाऊँगा? मैंने नर्सिंग होम से ही घर पर फोन मिलाकर अपने कंबाइंड हैंड गणेश को इत्तिला दे दिया कि हम रात को घर नहीं लौटेंगे। वह हमारे लिए इंतजार न करे और मेन गेट पर ताला लगाकर सो जाए।

तितली के इलाज के लिए सारा इंतजाम करने के बाद डॉक्टर चौधरी ने मुझसे कहा, ''अब विस्तार से मुझे सारी बातें आप बताएँ। क्या नाटक देखने के लिए आने से पहले ही मिसेज सेन की तबीयत बिगड़ी हुई थी?''

मैंने सारी बातें डॉक्टर चौधरी को विस्तार से बतलाईं। सबेरे मैं समझ ही नहीं पाया था कि तितली को किसी प्रकार की तकलीफ है, क्योंकि हर रोज की तरह हमने हँसी-मजाक किया था। दफ्तर से घर लौटकर मैंने तितली को नाटक देखने जाने के लिए तैयार पाया था। हॉल में जाने के बाद भी उसने हमारे सहयोगी अफसरों की पंक्तियों में एवं अफसरों के साथ साधारण बातें की थीं, हँसी-मजाक भी किया था। जब खेल शुरू हुआ था, तब भी उसने मुसकराकर मुझसे कहा था कि उसे खेल अच्छा लग रहा था। फिर उसके बाद

से ही उसे तकलीफ होने लगी। वह पसीने से तर हो गई थी, उसे साँस की तकलीफ होने लगी और अंत में इस बेहोशी में जाकर समाप्त हुई।

डॉक्टर चौधरी ने ध्यान से मेरी बातों को सुना। उन्होंने कहा, "लगता है, नाटक के कथानक ने मिसेज सेन को काफी विचलित कर दिया है। लेकिन क्यों? जैसा कि आपने कहा—कर्ण कुंती की घटना तो सबको मालूम है। उस घटना से तो मिसेज सेन इतना अधिक विचलित नहीं हो सकती हैं। यूनान की पौराणिक घटना क्या थी?"

मैंने संक्षेप में यूनानी कहानी डॉक्टर चौधरी को सुनाई। कहानी सुनने के बाद डॉक्टर चौधरी ने कहा, "यह भी तो कुंती और कर्ण की कहानी जैसी है। इस कहानी का नाट्यरूप देखकर मिसेज सेन क्यों विचलित होंगी? ठीक है, मिसेज सेन को होश आ जाने पर इस बारे में सोचा जाएगा।'

नर्स को कुछ सलाह देकर 'नाइट शिफ्ट' के डॉक्टर दास को अपने साथ लेकर डॉक्टर चौधरी केबिन से बाहर निकल गए।

तब से लेकर करीब-करीब सारी रात मैं छटपटाता रहा। कभी तितली के पास बैठा, तो कभी ग्लूकोज की बोतल पर निगाह डाली। कभी बरामदे में खड़े-खड़े सिगरेट पी, तो कभी नर्स या डॉक्टर दास से बातें कीं। रात भर ड्रिप चलता रहा—लेकिन तितली को होश नहीं आया।

भोर में जब नींद से मेरी आँखें करीब-करीब बंद हो रही थीं, अचानक मुझे लगा कि तितली बहुत धीरे-धीरे कुछ बोल रही है। उसकी दोनों आँखें बंद हैं, लेकिन लगा कि वह कुछ बड़बड़ा रही है।

मैंने जल्दी से अपने कानों को तितली के ओंठों के पास ले जाकर उसकी बातों को सुनने की कोशिश की। मुझे लगा कि वह बड़बड़ाते हुए कह रही है—"सनि··· मैं····और····सह····नहीं····सकती।'

थोड़ा सा रुककर वह फिर बड़बड़ाई—"कुछ··· करो··· सनि।"

फिर एकदम शांत हो गई। थोड़ी देर बाद फिर अस्पष्ट शब्दों में कहा, "बाबूजी को····।" उसकी जुबान इतनी अस्पष्ट हो गई कि मैं उसकी बातें और नहीं समझ पाया।

मैं चौंक उठा। यह जनाब सनि कौन है? तितली उसे क्या करने के लिए

कह रही है? उसके अधूरे वाक्य "बाबूजी को····" का क्या मतलब है?

मुझे लगा कि उसके ओंठ फिर हिल रहे हैं। मैंने तपाक से अपने कानों को करीब-करीब उसके ओंठों से सटा दिया। काफी देर तक कोई आवाज नहीं मिली। फिर रुक रुककर तितली बड़बड़ाई, "मिंतीदी··· मुझे··· बचा लो।"

तितली की बातों को सुनकर मैं हैरान हो गया। तितली क्या कह रही है? ये सब तो 'एक और कर्ण' नाटक के अभिनय के दौरान भी तितली कुछ बुदबुदा रही थी। क्या यह सब बातें ही वह कर रही थी?

फिर मैंने काफी कोशिश की, लेकिन तितली का एक शब्द भी मेरी समझ में नहीं आया। थोड़ी देर में उसके ओंठों का कंपन भी स्तब्ध हो गया। गौर किया कि तितली फिर से अचेतनता की गहराई में डूब गई।

तितली के अस्पष्ट शब्दों ने मेरे दिमाग को झकझोर दिया था। इन सारी बातों का मतलब क्या है? अचानक उसकी अचेतन सी ये बातें क्यों उभर आईं? 'सनि' कौन है? और यह 'मिंतीदी'? क्या करने के लिए तितली कह रही थी?

एक भी सवाल का जवाब मुझे नहीं मिला। याद नहीं कर सका कि मेरी पढ़ी हुई किसी किताब में भी इस तरह के चरित्रों के बारे में मैंने पढ़ा है या नहीं। काफी सोचकर भी मुझे याद नहीं आया कि मेरे परिचित व्यक्तियों में से किसी का नाम 'सनि' या 'मिंती' है या नहीं।

इन सारी बातों को लगातार सोचते-सोचते पता नहीं कब मेरी आँखें बंद हो गई थीं। दिन भर ऑफिस में मेहनत, नाटक देखने की उत्तेजना, तितली को लेकर मानसिक उलझन और रात भर जगे रहने की थकान से मैं अपनी आँखें और खोल रखने में असमर्थ था। तितली के बिस्तर की बगल में ईजीचेयर पर अधलेटे ही मैं गहरी नींद में सो गया। पता नहीं, कब अपना दाहिना हाथ मैंने तितली के बिस्तर पर रख दिया था।

मैं कहाँ लेटी हुई हूँ? यह तो मेरा बिस्तर नहीं है। पलंग, बिस्तर और सभी सामान तो मेरे नहीं हैं। मैं अपने दाहिने हाथ को हिला नहीं पा रही हूँ?

मुझे हो क्या गया है?

धीरे-धीरे दाहिनी ओर सिर को घुमाते ही मैंने पाया कि स्टैंड से एक बोतल लटक रही है। उसी बोतल से एक पाइप जैसी नली निकलकर मेरे दाहिने हाथ में लगी सुई के अंदर से बोतल का तरल पदार्थ मेरे शरीर में प्रवेश कर रहा है। मेरा दायाँ हाथ टेप से बिस्तर के साथ फँसे होने की वजह से ही मैं अपना हाथ हिला नहीं पा रही हूँ।

इसका मतलब मैं किसी अस्पताल या नर्सिंग होम के बिस्तर पर लेटी हुई हूँ। मुझे नहीं मालूम कि इस वक्त घड़ी में कितना बजा है, लेकिन खिड़की से अंदर आती हुई सूर्य की किरणों से लगता है कि सबेरे का वक्त है। सुमन? सुमन कहाँ है?

काफी कोशिश से बाईं ओर अपने सिर को मोड़ते ही देखा कि सुमन मेरे ही बिस्तर के बगल में एक ईजीचेयर पर दाहिने करवट में आँखें बंद करके पड़ा हुआ है। बेचारे का दाहिना हाथ बिस्तर पर है। शायद सारी रात मेरे लिए सोच-सोचकर सो नहीं पाया होगा। लगता है भोर में अनजाने में ही उसकी आँखें लग गई हैं। बेचारा, काफी असहाय जैसा लग रहा है।

लेकिन मैं अस्पताल में क्यों पड़ी हूँ? सुमन ने भी ईजीचेयर पर पड़े-पड़े रात क्यों बिताई?

हाँ···हाँ, धीरे-धीरे सब मुझे याद आ रहा है। मैं खुद ही नहीं समझ पाई थी कि अचानक मुझे हो क्या गया था। 'एक और कर्ण' नाटक के अंतिम दृश्य में रानी क्रूसा को अपने बेटे आयन को आलिंगन करने के लिए हाथ फैलाकर उसे खींचते हुए देखकर मैं भी शायद बिना कुछ सोचे-समझे हाथ फैलाकर खड़ी हो गई थी। याद आ रहा है कि दस कदम मंच की ओर मैं बढ़ भी गई थी। फिर कुछ याद नहीं है—सब कुछ ब्लैंक है।

नहीं···नहीं, याद आया। मुझे ऐसा लगा था कि मंच एवं सारा थिएटर हॉल लट्टू की तरह मेरी आँखों के सामने चक्कर लगाने लगा था। आयन एक बार मेरे हाथ के पास और एक बार बहुत दूर चला जा रहा था।

मेरी आँखें खुल जाते ही एक नर्स दौड़कर मेरे पास आ गई। पता नहीं वह कहाँ बैठी थी, क्योंकि अब तक मैं उसे देखी नहीं थी।

मैंने थोड़ा सा पानी माँगा। मुझे लगा कि मैंने माँगा, लेकिन नर्स को सुनाई नहीं पड़ा। वह मेरे चेहरे पर झुक गई। पूछा—"कैसी हैं मिसेज सेन?"

मैंने फिर से पानी माँगा, लेकिन नर्स को सुनाई क्यों नहीं पड़ रहा है? ऊँचा सुनती है क्या?

बाएँ हाथ से मैंने इशारा करते हुए उसे पानी देने के लिए कहा। झट से वह मेरे सिरहाने के फीडिंग कप में पानी भरकर मेरे ओंठों के पास ले आई। दो-एक घूँट पानी पीने के बाद मुझे काफी आराम मिला।

मुझे पानी पिलाकर ही नर्स बड़ी जल्दी कमरा छोड़कर चली गई। शायद डॉक्टर को सूचना देने गई होगी।

मैंने अपने बाएँ हाथ से सुमन को छूने की कोशिश की। मेरा हाथ उसके दाहिने हाथ तक पहुँच नहीं पाया। काफी कोशिश के बाद मैं उसके दाहिने हाथ पर एक हलका सा धक्का लगा सकी। इतनी सी हरकत से ही मैं थक गई। अचानक मैं इतनी कमजोर कैसे हो गई?

उस हलके धक्के से ही सुमन की नींद टूट गई। कई सेकंड तक उदास निगाहों से मेरी तरफ देखने के बाद सुमन तड़फड़ा उठा।

काफी व्याकुल होकर सुमन ने पूछा, "कैसी हो तितली? कुछ आराम मिला है?"

मैंने भी मुसकराकर जवाब दिया, "ठीक हूँ। फिकर मत करो सुमन।"

लेकिन सुमन को भी मेरी बातें क्यों नही सुनाई पड़ रही हैं? दुबारा वह एक ही सवाल क्यों पूछ रहा है? मेरे बिस्तर पर हाथ टिकाकर, मेरे चेहरे पर झुके हुए भी सुमन मेरी बातें नहीं सुन सका! क्या सुमन भी आजकल ऊँचा सुनने लगा है?

मैं चिल्लाई, "तुम मेरी बातें क्यों नहीं समझ रहे हो, सुमन? मैंने कहा न मैं ठीक हूँ।"

लेकिन तब भी सुमन मेरी बातें सुन नहीं सका। ऐसा लगा कि उत्कंठा से उसकी दोनों आँखों की पुतलियाँ बाहर निकल रही हैं। मेरे बालों पर अपने प्यार भरे हाथों को फेरते हुए सुमन ने पूछा, "तितली, तुझे काफी तकलीफ

हो रही है न?''

मुझे समझ में नहीं आ रहा था कि सुमन इस ढंग से क्यों पेश आ रहा है। उसकी हर बात का जवाब मैं दे रही हूँ, फिर भी सुमन मेरी बातों को क्यों नहीं सुन रहा है? मैं समझ रही हूँ कि मेरे ओंठ हिल रहे हैं—फिर? क्या मेरी आवाज बंद हो गई है?

सुमन की बातों का उत्तर देने के लिए मैंने अपनी जुबान खोली। वास्तव में, मेरे कंठ से जरा सी भी आवाज निकल नहीं रही है। मैंने तो इस पर गौर ही नहीं किया था। क्या इसी वजह से नर्स को मेरी बातें सुनाई नहीं पड़ी थीं? क्या इसलिए ही सुमन मेरी बातें समझ नहीं पा रहा है?

मेरी असहाय हालत के बारे में वाकिफहाल होते ही मेरी आँखों से आँसू की धारा निकलकर मेरे गालों को गीला करने लगी।

क्या मैं फिर कभी बातें नहीं कर सकूँगी? अगर मेरे गले से आवाज ही नहीं निकलेगी तो मैं सुमन से सारी बातें कैसे करूँगी? मुझे तो सुमन से बहुत सारी बातें करनी हैं।

यह बात दिमाग में आते ही मैं अपने को सँभाल नहीं पाई। मेरी दोनों आँखों से आँसू की अविरल धारा बहने लगी।

सुमन अपनी जेब से रूमाल निकालकर मेरी आँखों को पोंछते हुए मुझे ढाढ़स देने लगा—''रोओ मत तितली, मत रोओ। सब ठीक हो जाएगा।''

मैंने देखा कि केबिन के अंदर डॉक्टर चौधरी आ गए। उनके ठीक पीछे नर्स भी हाजिर हो गई। अब मुझे समझ में आ गया कि मैं डॉक्टर चौधरी के नर्सिंग होम में लेटी हुई हूँ।

दो दिन तक लगातार सोचने के बाद पटना जाने के लिए मैंने एक तरकीब सोच ली। बगैर इसके और कोई रास्ता भी नहीं था। मेरी मानसिक पीड़ा ने ही मुझे एक ऐसा काम करने के लिए मजबूर कर दिया, जिसे मैंने अब तक कभी नहीं किया था, न करने की आवश्यकता ही कभी पड़ी थी।

बचपन से लेकर आज तक मैंने कभी माँ से या बाबूजी से झूठ नहीं बोला

है। लेकिन आज माँ से बेझिझक मैंने एक झूठ कह दिया। आखिर झूठ बोलने में हर्ज क्या है? मेरी जिंदगी की बुनियाद ही तो एक झूठ है।

पैदा होने के बाद अपनी जन्मदात्री के स्नेह से वंचित होकर मैं दूसरे की गोद में पला। एक अनजान औरत को अपनी माँ के रूप में पहचाना। आज भी उन्हें ही माँ कहकर पुकार रहा हूँ। क्या यह झूठ नहीं है।

मुझे अपने पिता का परिचय मालूम नहीं है। फिर भी मेरी झूठी माँ के परिचय के बतौर उन्हीं के पति को बाबूजी कहकर संबोधन करने के लिए मुझे बचपन से सिखाया गया है। जब बचपन से ही मुझे झूठ बोलने की शिक्षा दी गई है तो आज माँ से जिस बात को कहकर मैंने पटना जाना चाहा, वह झूठ क्यों होगा?

शायद इसलिए ही जानबूझकर माँ से झूठ कहने पर भी मुझे कोई अफसोस नहीं हो रहा है। मेरे जीवन के इस सत्य को जानने के लिए न मालूम मुझे और कितने झूठ बोलने पड़ेंगे।

स्कूल में पढ़ते समय फादर पीटर कहते थे, ''सत्य के रास्ते पर चलकर ही बच्चो, उस परम सत्य को प्राप्त करोगे।''

शायद यह बात मेरे लिए नहीं है। जिसकी जिंदगी ही गलत रास्ते पर, गलत परिचय से चल रही है, झूठ के माध्यम से ही वह परम सत्य को प्राप्त करेगा। मेरी जिंदगी का एकमात्र परम सत्य है—जन्मदात्री माँ का परिचय जानना।

उसी सत्य तक पहुँचने के उद्देश्य से मैंने माँ से कहा, ''माँ, दो-चार दिन के लिए मुझे एक बार पटना जाना है, क्योंकि मुझे लग रहा है कि वहाँ से चलते वक्त जो स्कूल लीविंग सर्टिफिकेट मैंने लिया था, वह पटना में ही छूट गया है। पटना के दोस्तों के पास मेरी बहुत सारी किताबें पड़ी हैं। हो सकता है उनमें से किसी किताब में ही सर्टिफिकेट छूट गया हो।''

स्वाभाविक रूप से मेरी गैर-जिम्मेदारी के लिए माँ ने मुझे खूब फटकारा। बाबूजी के घर लौटते ही उन्होंने मेरी शिकायत भी की।

बाबूजी ने कहा, ''ऐसा है कि तू अपने दोस्त का अता-पता बता दे। मैं अपने पटना के दफ्तर में कल फोन किए देता हूँ। कोई तेरे दोस्त से तेरा स्कूल लीविंग सर्टिफिकेट लाकर मुझे भेज देगा।''

लेकिन मुझे तो मालूम है कि बात कुछ और ही है। बेझिझक मैंने बाबूजी से कहा, "मेरे सारे दोस्त तो पटना में ही हैं। कई दोस्तों के पास मेरी किताबें पड़ी हुई हैं। वास्तव में किस किताब के अंदर मैंने सर्टिफिकेट रख दिया था—मुझे खयाल ही नहीं आ रहा है। पटना चलकर उन सभी दोस्तों से मिलना होगा, सबसे किताबें माँगकर पन्ने पलटने पड़ेंगे, तब शायद उसका पता चले। अगर नहीं मिलता है तो स्कूल के दफ्तर से डुप्लीकेट ट्रांसफर सर्टिफिकेट इश्यू करवाना होगा।"

मेरी बातें समझकर बाबूजी ने मुझे पटना जाने की इजाजत दे दी। परम सत्य को जानने के लिए मेरा पहला कदम ही झूठ के रास्ते पर पड़ा।

लेकिन मेरा स्कूल लीविंग सर्टिफिकेट पटना में नहीं, कलकत्ते में ही पड़ा हुआ है। कलकत्ता छोड़ने से पहले मैंने उसे अपनी किताब की अलमारी में एकदम नीचेवाली टाँड़ पर बिछे अखबार के नीचे छिपाकर रख दिया। कोई इसके बारे में भाँप भी नहीं सकेगा।

माँ और बाबूजी ने कहा कि पटना पहुँचकर मैं पुराने फ्लैट के बगलवाले फ्लैट में रमेश अंकल के पास ठहरूँ, लेकिन वहाँ ठहरने का मतलब उनकी इच्छानुसार मुझे चलना होगा। शायद रमेश अंकल या उनका बेटा अजीत हमेशा मेरे साथ-साथ रहेगा। जब हम पटना में रहते थे, तब उन लोगों के साथ हमारी खूब पटती थी। वे मुझे बहुत चाहते भी हैं।

लेकिन उन दोनों में से किसी का भी मेरे साथ चिपकना, मेरे लिए दिक्कत पैदा करेगा। उनकी उपस्थिति में मैं मिंती गुप्ता या प्रकाश गुप्ता को तलाश नहीं कर सकूँगा। उनके सामने मैं किसी भी हालत में उस परम सत्य के बारे में पता नहीं लगा सकूँगा।

इन सारी बातों को सोचकर ही मैं पटना पहुँचकर स्टेशन के अहाते से बाहर एक छोटे से होटल में डेरा डाले हूँ। होटल में अपना सामान रखकर फ्रेश हो लिया, फिर खाना खाने के बाद मैं प्रकाश गुप्ता की तलाश में निकल पड़ा हूँ।

मुझे शक हो रहा है कि सत्रह साल पहले के पते पर वे इस समय मिलेंगे या नहीं। दोनों नाम बंगालियों और अबंगभाषियों में पाए जाते हैं, लिहाजा मैं

समझ भी नहीं पा रहा हूँ कि वे बंगाली ही हैं या नहीं।

कदमकुआँ की ओर रिक्शा जैसे-जैसे बढ़ता जा रहा है, मैं मन-ही-मन चंचल होता जा रहा हूँ। रास्ता बाएँ घूमकर जैसे ही कदमकुआँ के करीब पहुँचा, दाहिनी ओर बँगला मिठाई की जानी-पहचानी दुकान भी मैंने देखी। सब्जी मंडी तक पहुँचकर मैंने रिक्शा रुकवा दिया।

एक परचूनवाले से प्रकाश गुप्ता का नाम और पता बताने पर, उसने मुझे बाईं ओर की एक गली में जाने के लिए कहा।

गली में थोड़ी दूर चलकर ही मुझे 306/ए नंबर मकान दिखाई पड़ा। मामूली सा दो मंजिला मकान। गली की ओर खुलनेवाली सभी खिड़कियाँ और दरवाजे बंद दिखाई पड़े। समझ नहीं पाया कि मकान में कोई है या नहीं। गनीमत कि दरवाजे पर कोई ताला नहीं लटक रहा है।

मैंने सिकड़ी को बहुत जोर से हिलाया। अंदर से कोई आवाज नहीं आई। थोड़ी देर इंतजार करने के बाद मैंने फिर से सिकड़ी हिलाकर आवाज दी। तुरंत दूसरी मंजिल की एक खिड़की खोलकर एक बंगाली महिला ने हिंदी में पूछा, "कौन है?"

उस महिला के साड़ी पहनने के ढंग और भाल पर सिंदूर का टीका देखकर मैंने बँगला में ही पूछा, "क्या यह श्री प्रकाश गुप्ताजी का मकान है?"

सिर हिलाकर उसके हामी भरते ही मैंने कहा, "कृपया उन्हें जरा बुला दीजिए।"

खिड़की बंद हो गई। थोड़ी देर बाद दरवाजे की ओर किसी के बढ़ते हुए कदम की आहट मुझे सुनाई पड़ी। मुझे लगा कि कोई दरवाजा खोलने आ रहा है।

मेरे दिल के अंदर तूफान मच गया। क्या मेरी जन्मदात्री माँ के बारे में ये लोग कुछ बता सकेंगे? अब वह कहाँ रहती है? उनसे मेरी मुलाकात हो सकेगी?

खिड़की से जिस महिला ने बातें की थीं, उसने खुद आकर दरवाजा खोल दिया। बँगला में ही उसने बड़े प्यार भरे शब्दों में कहा, "अंदर आओ बेटा।"

उसने जिस कमरे में लाकर मुझे बैठने के लिए कहा, मुझे लगा कि यह उनका बैठक का कमरा है। एक मामूली सोफा-कम-बेड पर उसने मुझसे

बैठने के लिए कहा।

मैंने गौर किया कि कमरे में एक साधारण सी मेज और दो कुरसियाँ हैं। मेज पर साधारण सी दो-चार चीजें और दो-एक किताबों को देखकर मुझे विश्वास हो गया कि यह एक मध्यवर्गीय परिवार है। कमरे के दरवाजे पर एक मामूली सा परदा लटका हुआ है। दीवार पर एक बँगला कैलेंडर है, जिस पर रामकृष्ण परमहंस की तसवीर है।

महिला ने मुझसे पूछा, ''तुम्हारा नाम क्या है बेटा? उनसे तुम क्यों मिलना चाहते हो?''

मैंने कहा, ''आप हमें नहीं पहचानेंगी, क्योंकि आपने मुझे कभी देखा नहीं है। मुझे भी आपका नाम-पता मालूम नहीं था, लेकिन अचानक यह स्टैंप पेपर मेरे हाथ में पड़ जाने की वजह से मुझे आपका नाम-पता मालूम हो गया है। इसी सिलसिले में प्रकाशजी से मैं कुछ बातें करना चाहता हूँ।''

स्टैंप पेपर पर जहाँ श्रीमती मिंती गुप्ता और श्री प्रकाश गुप्ता का हस्ताक्षर था, मैंने सिर्फ उतना ही निकालकर उन्हें दिखाया।

मैंने गौर किया कि स्टैंप पेपर पर उन दोनों हस्ताक्षरों को देखते ही उस महिला का चेहरा बिलकुल फीका पड़ गया।

उन्होंने फिर पूछा, ''तुम कौन हो बेटा? तुम्हारा नाम क्या है? अपने पिताजी का नाम बोलो, शायद मैं पहचान सकूँ।''

मैंने कहा, ''मेरा नाम अयन बैनर्जी है। मेरे पिताजी का नाम श्री शुभ्रांशु बैनर्जी है। क्या आप उन्हें जानती है?''

अपनी हथेली से मुँह दबाकर एक चीख लगाते हुए उन्होंने कहा, ''जानती हूँ बेटा, जानती हूँ। तुम्हें भी पहचाना, लेकिन वह तो दो साल से बिस्तर पकड़े हुए हैं। तुम्हें जो कुछ कहना है, मुझसे ही कहो बेटा।''

मैंने कहा, ''देखिए, मेरे पास समय बहुत कम है। जिस बात को मैं जानना चाहता हूँ, अगर आप उन सारी बातों को मुझे बता देती हैं तो मुझे प्रकाशजी को परेशान करने की जरूरत नहीं पड़ेगी।''

''बोलो बेटा, तुम क्या जानना चाहते हो?''

''इस स्टैंप पेपर पर अस्पष्ट ढंग से लिखे हुए हस्ताक्षर मैं पढ़ नहीं सका।

लेकिन अस्पष्ट अक्षरों से लिखे इस एग्रीमेंट के कुछ अंश पढ़कर, कुछ अंदाज लगाकर मुझे विश्वास हो गया है कि जिन्होंने इस पर हस्ताक्षर किया है, वह मेरी जननी हैं। आप समझ गई होंगी कि मेरा जन्म रहस्य अब मेरे लिए अनजान नहीं है। इसलिए मैं यह जानना चाहता हूँ कि उन्होंने मुझे मेरे वर्तमान के माँ-बाप के हाथों में क्यों दान कर दिया था? और मेरा आखिरी सवाल है, "मेरे पिता कौन हैं?"

मेरे स्पष्ट प्रश्नों को सुनकर उनके चेहरे का रंग हर पल बदलता रहा। मेरे आखिरी सवाल को सुनकर शायद वह अपने को सँभाल नहीं पाई। अचानक वह धप से फर्श पर बैठ गई।

मैं भी चुपचाप उनकी ओर देखने लगा।

रात भर मैं तितली के लिए बहुत परेशान था। ईजीचेयर पर बैठे-बैठे पता नहीं कब भोर के समय सो गया था। तितली के हाथों के स्पर्श से नींद खुल जाते ही तड़फड़ाकर मैं जाग उठा।

उतावला होकर मैंने तितली से पूछा, "कैसी हो तितली?"

तितली ने जवाब देने की कोशिश की। उसके ओंठ हिले, लेकिन कोई आवाज नहीं निकली। कई बार कोशिश करने के बावजूद भी जब वह आवाज निकाल नहीं सकी, उसकी दोनों आँखों से आँसू की धारा बहने गली।

जब मैं तितली को ढाढ़स दे रहा था, डॉक्टर चौधरी केबिन में आए। तितली को होश में देखकर खुशी के साथ उन्होंने पूछा, "कैसी हैं आप मिसेज सेन?"

लेकिन तितली के कंठ स्वरहीन हैं। मैंने देखा कि वह काफी कोशिश कर रही है, उसके ओंठ लगातार हिल रहे हैं—लेकिन कोई आवाज नहीं है। बात करने के निष्फल प्रयास से उसकी आँखों से फिर से आँसू बहने लगे।

शायद नर्स से डॉक्टर चौधरी को पहले ही मालूम हो चुका था कि तितली की जुबान बंद हो गई है। उन्हें बहुत ज्यादा आश्चर्यचकित होते हुए मैंने नहीं देखा। सही में, वह डॉक्टर जो हैं न! अपनी प्रतिक्रिया डॉक्टर मरीज के सामने

कभी भी प्रकट नहीं करते हैं। वे खुद भी निराश नहीं होते हैं और न दूसरों को निराश करते हैं।

तितली को साहस देते हुए उन्होंने कहा, ''मिसेज सेन, आप फिकर मत कीजिए। कोई परेशानी की बात नहीं है। कल रात अचानक आपके गिर जाने से आपके शरीर पर जो धक्का लगा, उससे आप शारीरिक रूप से कुछ कमजोर हो गई हैं। उसी वजह से आप बात नहीं कर पा रही हैं। शायद किसी वजह से आपकी मानसिक उत्तेजना भी बढ़ गई होगी—इसलिए आप को आज भी तकलीफ हो रही है। मैं कुछ दवाएँ लिख देता हूँ। बस, दो-चार दिन में ही आप ठीक हो जाएँगी।'

नर्स ने झट से प्रिसक्रिप्शन लिखने के लिए फाइल बढ़ा दी। दो-एक दवाएँ लिखकर डॉक्टर चौधरी ने नर्स को दवा देने के बारे में कुछ निर्देश दिया।

जब डॉक्टर चौधरी तितली से बातें कर रहे थे, प्रिसक्रिप्सन लिख रहे थे, मैं लगातार सोचता जा रहा था कि तितली ने रात्रि के अंतिम प्रहर में बड़बड़ाते हुए जो कुछ भी कहा है, डॉक्टर चौधरी से कहना उचित होगा या नहीं।

अंत तक मैंने फैसला कर लिया था कि डॉक्टर चौधरी से सारी बातें कहना मेरे लिए उचित ही होगा, क्योंकि हो सकता है डॉक्टरी शास्त्र में ऐसा कोई मर्ज हो जब मरीज जाग्रत् में बातें नहीं कर सकता है, लेकिन गाढ़ी नींद में बातें करता रहता है। अगर सही ढंग से इलाज हो जाए तो हो सकता है, तितली बिलकुल स्वस्थ हो जाए।

डॉक्टर चौधरी के साथ आगे बढ़ते हुए मैंने सारी बातें उनसे कह दीं।

मेरी बातें सुनते ही डॉक्टर चौधरी रुक गए। चौंककर उन्होंने मुझसे कहा, ''आप क्या कह रहे हैं मिस्टर सेन? भोर के समय मिसेज सेन ने गाढ़ी नींद में बातें कीं और इस वक्त वह बातें नहीं कर पा रही हैं? आश्चर्य की बात!''

थोड़ी देर बाद सोचकर डॉक्टर चौधरी ने मुझसे कहा, ''क्या आप सनि या मिंतीदी को पहचानते हैं?''

मेरा नकारात्मक जवाब सुनकर डॉक्टर चौधरी काफी चिंतित दिखाई पड़े। उन्होंने कहा, ''मिस्टर सेन, आप बुरा मत मानिए, मैं आपसे नितांत व्यक्तिगत

एक प्रश्न पूछना चाहता हूँ। क्या आप थोड़ी देर के लिए मेरे चेंबर में आ सकते है?''

मैंने सिर हिलाकर अपनी सम्मति दी और उनके साथ उनके चेंबर की ओर चला।

अपने चेंबर में आकर डॉक्टर चौधरी ने अपने निजी बेयरा से कहा, ''निताई, दरवाजे के बाहर बैठे रहो। इस वक्त किसी को भी अंदर मत आने देना।''

निताई के चले जाने के बाद डॉक्टर चौधरी ने अपनी कुरसी पर बैठकर मुझसे भी बैठने के लिए कहा। जेब से एक खूबसूरत सिगरेट-केस निकालकर उन्होंने मुझे एक सिगरेट दी और अपने ओंठों के बीच में भी एक रखी।

मैंने अपनी जेब से लाइटर निकालकर दोनों की सिगरेट जला दी।

डॉक्टर चौधरी ने कहा, ''मिस्टर सेन, नितांत व्यक्तिगत एक सवाल पूछ रहा हूँ। आप बुरा मत मानिएगा। आपको मालूम ही होगा कि मरीज के बारे में जब तक डॉक्टर से सब बातें नहीं कही जाती हैं, तब तक सही इलाज नहीं हो पाता है। जैंसे वकील से किसी बात को छिपाने का मतलब मुकदमे में हार अनिवार्य होती है।''

मैं थोड़ा सा मुसकराया।

''अब आप यह मुझे बताइए, क्या आप लोगों को संतान कभी हुई ही नहीं या आप खुद संतान चाहते नहीं थे? जहाँ तक मुझे याद है, आपने एक बार शायद कहा था कि आप लोगों की शादी बारह-तेरह साल पहले हुई है।''

मैं थोड़ा सा मुसकराया।

मैंने कहा, '' बारह-तेरह नहीं डॉक्टर साहब, चौदह साल पहले हमारी शादी हुई है। हमने एक संतान चाही, हमारी बदकिस्मती ही समझिए कि आज तक हमें वह संतान नहीं मिली।''

''क्या आपने कभी मेडिकल चेकअप करवाया है?''

''सच कहूँ तो, तितली से छिपाकर एक बार अपने एक दोस्त डॉक्टर से अपनी जाँच करवाई थी। मुझमें कोई कमी नहीं है, लेकिन मैं तितली को कभी भी गाइनोकोलॉजिस्ट के पास नहीं ले जा सका। वह कभी भी चेकअप नहीं कराना चाहती है। मुझे नहीं मालूम वह क्यों नहीं चाहती, लेकिन मैंने कभी

दबाव नहीं डाला। वह कहती है—किस्मत में जब बच्चा नहीं है तो डॉक्टर क्या कर सकता है?''

डॉक्टर चौधरी ने कहा, ''मेरे नर्सिंग होम में लेडी डॉक्टर है। यदि मैं मिसेज सेन का चेकअप करवाता हूँ तो क्या आपको आपत्ति होगी?''

मैंने कहा, मुझे कोई आपत्ति नहीं है। किसी भी प्रकार से मैं तितली को स्वस्थ कराकर घर ले जाना चाहता हूँ।

मुझे समझ में नहीं आ रहा था कि तितली को नर्सिंग होम में छोड़कर कैसे मैं मानसिक उलझन के साथ घर में टिक पाऊँगा या दफ्तर में काम कर सकूँगा। इसलिए तितली को आराम दिलाने के लिए किसी भी तरह की जाँच-पड़ताल करने की छूट मैंने डॉक्टर चौधरी को दे दी।

मेज पर रखे शीशे के पेपरवेट को हाथ से नचाते हुए डॉक्टर चौधरी ने कहा, ''मुझे बड़ा अजीब सा लग रहा है कि मिसेज सेन ने भोर के समय बड़बड़ाते हुए बातें कीं, लेकिन इस वक्त वह बातें करने में असमर्थ हैं। कल साईकियाट्रिक डॉक्टर बसु मल्लिक का नर्सिंग होम अटैंड करने का दिन है। इस विषय के बारे में मैं उनसे चर्चा करके आपको बाद में बताऊँगा।''

डॉक्टर चौधरी के चेंबर से मैं चला आया। तितली की इस अचानक अस्वस्थता ने वास्तव में मुझे काफी विचलित कर दिया है। पिछले चौदह साल में मैंने कभी भी तितली को अस्वस्थ होते नहीं देखा है। नर्सिंग होम में भर्ती होने का सवाल तो पैदा ही नहीं हुआ है। बल्कि मैं साल में दो-चार बार बीमार पड़ जाता हूँ। इसी सिलसिले में डॉक्टर चौधरी से घनिष्ठता हो गई है।

तितली मेरी जिंदगी में सबकुछ है। तितली के बिना आज मेरी जिंदगी का कोई अस्तित्व नहीं है। इसी वजह से तितली की बीमारी ने मुझे बहुत ज्यादा विचलित कर दिया है।

मुझे नहीं मालूम है कि तितली की इच्छा के विपरीत लेडी डॉक्टर से उसकी जाँच कराना उसे पसंद होगा या नहीं। लेकिन मुझे लगता है—हमारे कोई संतान न होने के कारण ही तितली को यह मानसिक क्लेश झेलना पड़ा।

याद नहीं आ रहा है कि किस किताब में मैंने पढ़ा था—संतान ही नारी को मातृत्व के अनास्वादित सुख से पुलकित कर नारीत्व की मर्यादा प्रदान

करता है, पूर्णता प्रदान करता है। इतने दिनों से तितली के उस सुख से वंचित होने की वजह से ही शायद कल 'एक और कर्ण' नाटक देखते समय उसकी सुप्त मानसिक यातना अचानक उभर आई। क्या इसी वजह से ही तितली अस्वस्थ हो गई है?

अगर लेडी डॉक्टर संतान पाने के लिए कोई तरकीब बता सकती है, मुझे विश्वास है कि तितली मुझसे भी ज्यादा प्रसन्न होगी। कल 'एक और कर्ण' नाटक के दौरान तितली में जो बेचैनी मैंने देखी है—मुझे यकीन है अपनी संतान को पाते ही तितली हमेशा के लिए मानसिक शांति पा सकेगी। उसे संपूर्ण आराम मिलेगा।

मुझे यह क्या हो गया है? मेरी जुबान क्यों बंद हो गई? लग रहा है कि अपनी सारी ताकत जुटाकर भी मैं एक भी शब्द का उच्चारण नहीं कर पा रही हूँ। मानो मेरे अंदर से कोई मेरी जीभ को खींच रहा हो।

क्या यह मेरे पाप की सजा है? चरित्रवान, सदाप्रसन्न पति के साथ मिथ्याचार करने के परिणाम में ईश्वर ने मुझे यह दंड दिया है?

नहीं, नहीं—मैंने कभी भी ईश्वर-भगवान्, देवी-देवता, पाप-पुण्य पर यकीन नहीं किया। अपनी बुद्धि-विवेक पर ही मुझे काफी भरोसा रहा, अभी भी है। लेकिन···लेकिन···आज मुझे क्यों यह एहसास हो रहा है कि मेरी जुबान बंद होना मेरे ही पाप की सजा है?

नर्स ने ड्रिप उतार दी है। शायद डॉक्टर चौधरी ने उसे निर्देश दिया होगा। दाहिना हाथ काफी भारी लग रहा है। हिलाने में भी दर्द महसूस हो रहा है।

मैं सब कुछ देख रही हूँ, सुन रही हूँ एवं समझ भी रही हूँ। सोचने में भी कोई तकलीफ नहीं हो रही है। डॉक्टर चौधरी ने जो कुछ कहा, मैंने सारी बातें सुनी, समझ भी गई। उनकी बातों का जवाब देने की मैंने भरसक कोशिश की—लेकिन एक भी बात मैं नहीं कर सकी। अपनी अक्षम प्रचेष्टा के परिणाम में ही मेरी आँखों से आँसू की धारा बह चली।

डॉक्टर चौधरी ने कहा कि किसी वजह से मेरी मानसिक उत्तेजना कल बढ़ जाने के वजह से ही बातें करने में मुझे तकलीफ हो रही है। मुझसे ज्यादा और किसे मालूम होगा कि कल 'एक और कर्ण' नाटक देखते समय मेरी मानसिक उत्तेजना किस ऊँचाई तक बढ़ गई थी।

मुझे नहीं मालूम, रानी क्रूसा के बेटे का अभिनय करनेवाले लड़के को देखकर मैं इतना बेचैन क्यों हो उठी थी। जब रानी क्रूसा अपने बेटे आयन को अपनी छाती से लगाकर उसके सारे बदन पर हाथ फेरकर अपने प्यार भरे हाथों का स्पर्श उसे दे रही थी, मेरा भी बहुत जी चाह रहा था कि मैं भी उसे अपनी छाती से लगा लूँ। आयन के ललाट पर अपने ओंठों का स्नेह स्पर्श लगाने के लिए मैं भी बेचैन हो उठी थी।

देखो, सारी बातें कितनी साफ-साफ मुझे याद आ रही हैं फिर भी मैं बातें क्यों नहीं कर पा रही हूँ? आज सबेरे आँखें खोलने के बाद जैसे ही मैं अंदाज लगा सकी थी कि मैं किसी अस्पताल या नर्सिंग होम के बिस्तर पर लेटी हुई हूँ, तुरंत मुझे याद आ गया था कि कल रात को नाटक समाप्त होते ही मैं थिएटर हॉल में बेहोश हो गई थी।

सारी बातें मुझे याद आ रही हैं, फिर भी बातें क्यों नहीं कर पा रही हूँ? क्या इस संसार में इससे बड़ी और कोई तकलीफ है? कोशिश करने के बावजूद भी बातें न कर सकने की तकलीफ से लगातार मेरी आँखें गीली होती जा रही हैं।

अच्छा, रानी क्रूसा को आयन वापस मिला था, रानी कुंती कर्ण को पहचान सकी थी एवं कुरुक्षेत्र के युद्ध में कर्ण के निधन पर विलाप करती हुई सभी के समक्ष उन्होंने स्वीकार भी किया था कि कर्ण उनकी ही कन्यकावस्था की संतान है, उनकी जिंदगी का पहला फल—सूर्यदेव का दान····

नहीं मैं और सोच नहीं सकती हूँ। फिर तबीयत बिगड़ रही है। नर्स····नर्स, थोड़ा सा पानी। थोड़ा सा पानी पिला दो मुझे।

गले से आवाज ही नहीं निकल रही है। प्यास से मेरा कलेजा फटता जा रहा है।

सुमन? मेरा सुमन कहाँ है? क्या वह भी डॉक्टर के साथ बाहर निकल गया?

क्या नर्स मुझे पानी पिला रही है? बहुत नींद लग रही है। नर्स····सिस्टर···· पानी····सुमन····थोड़ा सा पानी····आयन···क्रूसा···कर्ण···।

हे मधुसूदन, मैं यह कैसी फजीहत में फँस गई हूँ? सत्रह साल पहले की कब्र को खोदकर यह किशोर क्या निकालना चाहता है? शुभ्रांशुजी और मणिमाला ने तो हमें वचन दिया था कि बच्चे को उसका परिचय कभी भी मालूम नहीं हो पाएगा।

फिर इस बच्चे को हमारा दस्तखत किया हुआ स्टैंप पेपर कैसे मिल गया? क्या वे दोनों भगवान् के प्यारे हो गए है? हे भगवान्, मैं कैसे अयन नाम के इस लड़के को उसकी जन्मदात्री माँ के बारे में बतलाऊँगी? हे मधुसूदन, यह कैसे अजीब इम्तिहान में तुमने मुझे डाल दिया? अगर अयन को उसके प्रश्नों के जवाब नहीं मिलते हैं, तो भगवान् जाने, इस उम्र के प्रभाव में वह क्या कर बैठे?

वे भी स्वस्थ नहीं हैं। इस अजीबोगरीब स्थिति में मैं उनकी सलाह माँगू, इसका भी कोई चारा नहीं है। दो साल से उनके बिस्तर पर पड़े रहने और उनके मानसिक विपर्यस्त की हालत में रहने के बावजूद क्या इस बारे में उनसे सलाह लेना उचित होगा?

उनसे बिना पूछे मैं करूँ भी क्या? सिवाय उनके, मकान में तीसरा प्राणी नहीं है, जिससे सलाह-मशविरा किया जा सके। इकलौती जो लड़की थी, उसकी भी शादी इस लड़के के पैदा होने से पहले ही हो चुकी है।

मेरे मन के अंदर सवालों का तूफान मच गया। मैं अयन की बातें तो सुनती जा रही हूँ, लेकिन दिमाग में बहुत सारी बातें चक्कर काट रही हैं।

मेरी उम्र भी तो बहुत हो चुकी है। आखिर कितना मैं सोचूँगी? कई साल पहले ही मेरी उम्र साठ की कोठरी पार कर गई। मेरे पति मुझसे चार

साल बड़े हैं। इस समय उनका तो बहत्तर चल रहा है। इस उम्र में सोचकर हम क्या निर्णय ले सकते हैं?

अयन की बातें समाप्त होते ही मैंने कहा, ''बेटा, दो बज रहे हैं। तुमने भोजन-ओजन किया है? अगर नहीं किया हो तो पहले इस गरीब के घर दो कौर खा लो, फिर तुम्हारे प्रश्नों का जवाब दूँगी।''

उसने कहा, ''मुझे नहीं मालूम मेरी जन्मदात्री से आपका क्या रिश्ता है, लेकिन मेरे इस समय की माँ जैसी आपने जो स्नेह दिखाया, मैं इतने में ही प्रसन्न हूँ। आप मेरे लिए फिक्र न करें। ट्रेन से उतरने के बाद मैं स्नान-भोजन करके ही आपके पास आया हूँ। मेरे प्रश्नों का जवाब मिलते ही मैं यहाँ से चला जाऊँगा। फिर मैं सोचूँगा कैसे अपनी जननी से मैं मुलाकात करूँ और आगे क्या करूँ।''

मैंने अयन से पूछा, ''ट्रेन से उतरने का मतलब क्या है बेटा? क्या आजकल तुम लोग यहाँ पटना में नहीं रहते हो? आजकल तुम कहाँ रहते हो?''

अयन ने कहा, ''बाबूजी का तबादला कलकत्ते हो गया है, लेकिन उन सब बातों को जाने दीजिए। आप सिर्फ मुझे बताइए कि इस स्टैंप पेपर पर जो कुछ भी लिखा है, क्या वह सही है?''

पेपर के नीचे की ओर अपनी तर्जनी रखकर अयन ने पूछा, ''अगर यह मेरी जननी है तो मेरे पिता कौन हैं? वे इस वक्त कहाँ हैं? उन्होंने मुझे दान क्यों कर दिया था?''

थोड़ी देर चुप रहकर आयन ने कहा, '' आपसे मैं झूठ नहीं बोलूँगा, क्योंकि आपके साथ बातें करने में मुझे अच्छा लग रहा है। मेरी माँ और बाबूजी को मालूम नहीं है कि मैं पटना क्यों आया हूँ। मैं उनसे झूठ कहकर पटना चला आया हूँ, क्योंकि अचानक यह कागज मेरे हाथ लग जाने से मेरा दिमाग चकरा गया। मेरी सारी समझ उथल-पुथल हो गई।''

मैं चुपचाप अयन की बातें सुन रही थी। उसके साथ बातें करने में मुझे भी आनंद मिल रहा था। पता नहीं क्यों मैं उसके लिए एक ममता अनुभव कर रही थी। बेचारा इतने दिनों तक जिन्हें अपना माँ-बाप समझ रहा था, अचानक उसे मालूम हुआ कि उनसे उसका कोई रिश्ता नहीं है।

स्वाभाविक रूप से उसके मन में एक ऊहापोह की स्थिति उत्पन्न हो गई होगी। इसलिए ही बेचारा सच्चाई जानने के इरादे से बिना कुछ सोचे-समझे पटना चला आया।

अयन कहता जा रहा था, ''बाबूजी के तबादला होने के बाद ट्रक पर हमारा सारा सामान पटना से कलकत्ता पहुँच गया। सामान पहुँचने से पहले ही हम लोग अपने रोजमर्रे के कुछ सामानों को लेकर कलकत्ता चले गए थे। ट्रक से हमारी अलमारी वगैरह कलकत्ते के फ्लैट पर पहुँचने के बाद माँ, हमारा नौकर और मैं सभी सामानों को ढंग से उठा रहे थे।''

अचानक बीच में रुककर अयन ने कहा—'अगर तकलीफ न हो तो मुझे एक गिलास पानी पिलाएँगी?'

शर्म से जीभ निकालकर मैंने कहा, ''छिह छिह, कितनी बड़ी शर्म की बात है। दोपहर की धूप में जलते हुए तुम हमारे घर आ पहुँचे और मैं तुम्हें पानी तक के लिए नहीं पूछी। माफ करना बेटा, दिमाग अब सठिया गया है। बैठो बेटा, मैं अभी दूसरी मंजिल से पानी लेकर आई।'

मैं झट से कमरे से निकल आई। वास्तव में कितनी शर्म की बात है। मामूली सौजन्य भी मैं भूल चुकी हूँ।

दूसरी मंजिल में चढ़ते समय ही मैंने सोच लिया कि उनसे अयन के बारे में बताकर उनकी राय भी जान लूँगी।

वह सोए नहीं थे। अयन के लिए शरबत बनाते समय मैंने दबी आवाज में उनसे सारी बातें कहकर उनका विचार जानना चाहा, लेकिन उन्होंने कुछ नहीं कहा।

मुझे दोबारा पूछने का साहस नहीं हुआ, क्योंकि आजकल कोई भी बात एक बार से अधिक पूछने पर वह बहुत नाराज हो जाते हैं, झल्लाने लगते हैं।

मैं समझ नहीं सकी कि वह मेरी बातें समझ पाए कि नहीं।

जब शरबत और पानी लेकर मैं कमरे से निकल रही थी, उन्होंने कहा, ''उस लड़के को उसकी माँ का परिचय और पता बता दो-जैसा वह उचित समझेगा वैसा करेगा। इस उम्र में हम और कोई झंझट-झमेले में फँसना नहीं चाहते हैं।''

कमरे से बाहर निकलते ही उन्होंने पुकारा, "सुनती हो, तुम ही अपने दिमाग से काम करना।"

शरबत का पूरा गिलास एक ही घूँट में पीकर और फिर थोड़ा सा पानी पीने के बाद शायद अयन को थोड़ा सा आराम मिला।

फिर वह कहने लगा, "माँ ने मेरे हाथ में कागजों का एक पुलिंदा थमाकर अलमारी में रख देने के लिए कहा। लेकिन अलमारी में रखते समय वे सारे कागजात हाथ से फिसलकर फर्श पर गिर पड़े। उन्हें उठाते समय ही मेरी निगाह इस स्टैंप पेपर पर पड़ी। बँगला में लिखा दस्तावेज देखकर मेरी उत्सुकता हुई। काफी कोशिश के बाद इतने अस्पष्ट लेखन को पढ़कर मैं जितना समझ सका, उतना ही मेरे दिमाग को असंतुलित करने के लिए काफी था।"

शायद अपने को सँभालने के लिए ही अयन थोड़ी देर रुक गया।

एक लंबी साँस छोड़कर अयन ने फिर कहा, "मैं नहीं जानता हूँ कि माँ से या बाबूजी से इस बारे में पूछने पर वे मुझे क्या जवाब देते। आपसे ही सच्चाई मालूम होगी, यह सोचकर मैं माँ को और बाबूजी को झूठी कहानी सुनाकर पटना चला आया।"

मेरी ओर देखकर अयन ने बड़े ही कातर स्वर में पूछा, "क्या आप अब मेरे प्रश्नों का जवाब दे सकेंगी?"

बड़ी उत्सुकता से अयन ने अपनी निगाह मेरे चेहरे पर टिका दी।

मैंने उसके चेहरे से अनुमान लगाया कि बेचारे की मानसिक उलझन उसे कितना पीड़ित कर रही है।

लेकिन मैं क्या करूँ? मैं बिलकुल नहीं चाहती हूँ कि मेरी वजह से अयन की जन्मदात्री के इस समय की गृहस्थी आग से झुलस जाए। शादी के बाद वह फिर कभी पटना में नहीं आई, लेकिन नए साल एवं दुर्गापूजा के अवसर पर वह चिट्ठियाँ लिखा करती है। शादी के बाद उसके पति से हमारी कभी मुलाकात नहीं हुई। उनके मिजाज के बारे में मैं कुछ नहीं जानती हूँ, हालाँकि अयन की अभागिन माँ जब भी चिट्ठी लिखती है, उनकी बहुत प्रशंसा करके ही लिखती है। मैं सोच नहीं सकी कि यदि अयन को उनके पास भेज देती हूँ, तो क्या प्रतिक्रिया होगी।

यही सारी बातें मेरे दिमाग को कुरेद रही थी, लिहाजा मैं थोड़ी देर चुप रही।

फिर मैंने अयन से कहा, "बेटा, यदि तुम्हें मालूम हो जाए कि तुम्हारी जननी और जनक कौन थे और उन्होंने तुम्हें क्यों दान कर दिए थे तो क्या तुम्हें तसल्ली हो जाएगी? सारी बातें जानने के बाद क्या उनसे मिलने के लिए तुम उतावले नहीं होगे?'

मेरी बातें सुनकर अयन उदास निगाहों से मेरी तरफ देखता ही रह गया।

अपनी बातें बिना बंद किए मैं कहती गई—"यदि उस वक्त तुम इसी स्टैंप पेपर के साथ तुम्हारे जन्मदात्री माँ से मुलाकात करने जाओगे, तो क्या उसकी इस समय की गृहस्थी में आग भभक नहीं उठेगी? तुम तो काफी होशियार लगते हो, क्या तुमने इस बारे में भी कभी सोचा है?"

मेरी बातें खत्म होते ही अयन उछलकर सोफा पर से खड़ा हो गया। मेरी उपस्थिति को भूलकर बुदबुदाते हुए वह खिड़की तक गया। कमरे के अंदर उसने कुछ देर चहलकदमी की। फिर सोफे पर आकर बैठ गया।

थोड़ी देर बाद आयन फिर सोफा छोड़कर खिड़की के पास गया। थोड़े समय तक खिड़की से आकाश की तरफ देखता रहा। कुछ बुदबुदाते हुए लौटकर वह कुरसी पर बैठा। अचानक दोनों हाथों से वह अपने बालों को नोंचने लगा।

मैं चुपचाप अयन की सारी अस्थिरता को देख रही थी। लग रहा था कि उसने इस दृष्टिकोण से सोचा नहीं था।

थोड़ी देर चुपचाप कुरसी पर बैठे रहने के बाद एक मार्मिक और असहाय मुसकान के साथ अयन ने कहा, "शायद आप ठीक ही कह रही हैं। मैंने सोचा नहीं था कि बात ऐसी भी हो सकती है। मैंने सोचा था कि शायद वह नई गृहस्थी बसा ही नहीं पाई होंगी।"

मुँह लटकाकर अयन चुपचाप बैठा रहा।

अचानक वह कह उठा, "अच्छा, क्या मैं अपनी जन्मदात्री माँ को सिर्फ एक बार देख भी नहीं सकता हूँ? मैं आपसे वादा करता हूँ कि मैं यह स्टैंप पेपर उन्हें नहीं दिखाऊँगा।"

बड़ी कोशिश से अपने आँसुओं पर रोक लगाते हुए उसने कहा, "अगर

वह मेरे बारे में पूछेंगी तो मैं अपना वर्तमान समय का परिचय ही दूँगा। उनके साथ मेरे रिश्ते का जिक्र तक नहीं करूँगा।''

उसकी आँखों से मोती जैसे दो बूँद आँसू उसकी गोद पर गिरे।

मुझसे और रहा नहीं गया। उसके सिर को अपनी छाती से लगाकर उसके आँसुओं को अपने पल्लू से पोंछते हुए मैंने कहा, ''रोते नहीं बेटे, पागल कहीं के।'

मुझे याद ही नहीं रहा कि चंद मिनटों पहले ही उससे मेरा परिचय हुआ है। थोड़ी सी मेरी ममता देखकर, मेरा स्नेह अनुभव कर उसके आँसुओं के बाँध टूट गए। उसके आँसू से मेरी छाती गीली हो गई। मुझे लगा कि वह अपने को सँभालने की भरसक कोशिश कर रहा है।

उसे ढाढ़स देते हुए मैंने कहा, ''बेटा, तेरी जन्मदात्री माँ की बदकिस्मती है कि तेरे जैसे इतने मधुर स्वभाववाले बेटे को वह अपनी छाती से लगा न सकी। काश, तुझे वह पा लेती तो शायद उसका कलेजा ठंडा हो जाता।''

अयन ने अपने को सँभाल लिया। आँखें पोंछते हुए उसने कहा, ''आप मेरी माँ के बारे में बताएँ। अचानक मुझे काफी दुःख महसूस हुआ, इसलिए मैं बेकाबू हो गया था।''

मैंने उसकी माँ के बारे में कहना शुरू किया। बेचारे की इतनी व्याकुलता मुझे भी काफी सता रही थी। अपनी माँ के बारे में सुनने के लिए व्याकुल होकर जब कलकत्ते से इतना दूर आया, मैं सारी बातें उससे कहे बगैर चुप रह सकती हूँ?

सबेरे जब मैंने डॉक्टर चौधरी से कहा था कि तितली भोर के समय गाढ़ी नींद में बड़बड़ाई तो वह काफी चिंतित दिखाई पड़े थे। हमारी वर्तमान परिस्थितियों के साथ उन बातों का कोई तालमेल न बैठा पाने के कारण मैं भी बहुत परेशान हूँ।

डॉक्टर चौधरी की तरह मेरे मन में भी सवालों का तूफान मचा हुआ है। सनि कौन है? और यह मिंतीदी? तितली किस चीज की व्यवस्था करने के

लिए कह रही थी?

सारी बातें जैसे जासूसी कहानी की है। एक-आध क्लू मिल चुका है, लेकिन सारी बातों को जोड़कर किसी घटना की जड़ तक पहुँचा नहीं जा सकता है, क्योंकि अभी तक असली क्लू ही नदारद है। लिहाजा मैं दिशाहीन हूँ। शायद डॉक्टर चौधरी भी इसीलिए चिंतित हैं। अगर उन्हें कुछ समझ में आया भी होगा तो उन्होंने मुझसे कुछ कहा नहीं है।

सवेरे ही डॉक्टर चौधरी ने कहा था कि नर्सिंग होम के गाइनोकोलॉजिस्ट डॉक्टर मिसेज राय से तितली की जाँच करवाएँगे। शायद डॉक्टर चौधरी को शक है कि मातृत्व प्राप्त करने की सुप्त इच्छा के चलते ही तितली को यह मानसिक क्लेश है।

करीब ग्यारह बजे डॉक्टर चौधरी डॉक्टर मिसेज राय के साथ तितली को देखने के लिए केबिन में आए। उन्होंने तितली से कहा था कि कभी-कभी बहुत से स्त्री रोगों की वजह से इस तरह के हिस्टश्कि अटैक हुआ करते हैं। इसलिए वह नर्सिंग होम के गाइनोकोलॉजिस्ट डॉक्टर मिसेज राय से तितली की जाँच करवाकर आश्वस्त होना चाहते हैं।

डॉक्टर चौधरी की बातों को सुनकर तितली अचानक बहुत चंचल हो उठी। बातें करने की काफी कोशिश करने के बाद भी जब वह कुछ समझा नहीं सकी, तब उसने इशारों से डॉक्टर चौधरी को समझाने की कोशिश की कि उसे कोई स्त्रीरोग नहीं है।

उस वक्त ऐसा लग रहा था जैसे तितली की आँखों की पुतलियाँ आँखों के गड्ढों से बाहर निकल आएगी। गाइनोकोलॉजिस्ट का नाम सुनते ही तितली की इस अकारण उत्तेजना को देखकर मुझे भी थोड़ा सा आश्चर्य हुआ था।

लेकिन डॉक्टर चौधरी ने तितली के इशारों पर कोई गौर नहीं किया। उन्होंने नर्स से डॉक्टर मिसेज राय को मदद करने के लिए कहा। फिर डॉक्टर राय से जाँच से संबंधित कुछ टेक्निकल शब्द कहकर मुझे बुलाकर वह बाहर निकल आए। नर्स ने अंदर से केबिन के दरवाजे बंद कर दिए थे।

कल शाम से तितली की हालत ने मुझे गहरी सोच में डाल दिया है। हमारी छोटी गृहस्थी में हम एक दूसरे के पूरक हैं। तीसरा ऐसा कोई हमारे

परिवार में नहीं है, जो लगाम पकड़कर रख सके।

पिछले चौदह साल में मैंने पहले कभी ऐसी परिस्थिति का सामना नहीं किया, लिहाजा मुझे अपने कर्तव्यों के बारे में भी समझ में नहीं आ रहा है। गृहस्थी के मामले में मैं कितना अनभिज्ञ, कितना सेंटीमेंटल हूँ, पग-पग पर मैं यह महसूस कर रहा हूँ।

कल शाम से मैं अपनी पोशाक तक नहीं बदल सका। कल से लेकर अब तक सिर्फ कई कप चाय के अलावा मैंने और कुछ नहीं लिया है। इसलिए मैंने सोचा कि जब तक डॉक्टर मिसेज राय तितली की जाँच करेंगी। मैं घर से फ्रेश होकर चला आऊँगा। ऑफिस में भी इत्तिला देनी है।

डॉक्टर चौधरी से इन सारी बातों को कहकर पार्किंग लॉट से मैं अपनी गाड़ी निकाल ले आया।

फ्लैट में लौटकर नहा-धोकर फ्रेश हो लिया। दफ्तर से फोन मिलाकर एम.डी. से सारी बातें कहकर मैंने कुछ रोज की छुट्टी माँग ली।

एम.डी. ने कहा कि दफ्तर में सभी मिसेज सेन के लिए चिंतित हैं। जिस किसी तरह की भी मदद की जरूरत हो, बेझिझक कहूँ। लेकिन मैंने कहा कि फिलहाल सब ठीक चल रहा है। सभी सहयोगियों को उनकी सहानुभूति के लिए धन्यवाद देकर मैंने फोन रख दिया।

हमारे कंबाइंड हैंड गणेश को कुछ जरूरी आदेश देने के बाद कुछ रुपए लेकर मैं फिर नर्सिंग होम लौट आया। जैसे ही मेरी गाड़ी ने नर्सिंग होम के अहाते में प्रवेश किया, मैंने देखा कि डॉक्टर मिसेज राय सीढ़ी से नीचे उतर रही है।

मुझे गाड़ी से उतरते देखकर डॉक्टर मिसेज राय ने एक पल मेरी तरफ एकटक देखा और फिर अपनी गाड़ी में बैठ गईं। उनकी गाड़ी की तरफ मेरे बढ़ने से पहले ही अचानक वह गाड़ी स्टार्ट करके तेजी से नर्सिंग होम से निकल गईं।

मैं समझ नहीं पाया कि डॉक्टर मिसेज राय इस तरह से क्यों पेश आईं। क्या वह मुझे तितली के पति के रूप में पहचान नहीं सकीं?

जब तितली के पास डॉक्टर चौधरी डॉक्टर मिसेज राय को ले गए थे,

तब तो मैं वहाँ हाजिर था। डॉक्टर चौधरी ने उनसे मेरा परिचय भी करवा दिया था। तब?

क्या तितली को वास्तव में कोई जटिल स्त्री रोग है? इसी कारण डॉक्टर मिसेज राय बहुत चिंतित हैं? इतनी जल्दी मुझे वह कुछ कहना नहीं चाहती हैं, इसीलिए उन्होंने मेरा सामना नहीं करना चाहा? डॉक्टर चौधरी से पूछना होगा कि माजरा क्या है?

केबिन में आते ही देखा कि तितली आधी बेहोशी की हालत में सोई हुई है। नर्स ने कहा कि मरीज की हालत काफी बिगड़ जाने के कारण डॉक्टर चौधरी ने एक इंजेक्शन लगा दिया है। तब से तितली सोई हुई हैं।

तितली को बिना जगाए ईज़ीचेयर उसकी बेड के बगल में खींचकर मैं चुपचाप बैठ गया। मैं जानना नहीं चाहता हूँ डॉक्टर चौधरी ने तितली की बीमारी के बारे में क्या डायग्नोसिस किया है। मैं सिर्फ चाहता हूँ कि तितली जल्द-से-जल्द स्वस्थ होकर बातें करें और हमें फिर अपना स्वाभाविक जीवन वापस मिले।

पिछले चौदह साल से मेरे चिंतन, सुख-दुःख, आराम-शांति हर बात पर तितली छाई हुई है। तितली को छोड़कर मेरी जिंदगी कैसी होगी, मैं यह सोच तक नहीं सकता हूँ।

कितनी आश्चर्य की बात है! चौदह साल पहले मैं तितली का नाम तक नहीं जानता था।

लेकिन बाबूजी की बातें सही निकलीं। वह कहते थे, ''नसीब बदला नहीं जा सकता है।'' बिलकुल सही बात है। अगर मेरे नसीब में नहीं होता तो अचानक तितली के पिता से मेरा परिचय भी नहीं होता और न तितली के साथ मेरी शादी होती।

जिस साल हमारी शादी हुई थी, ठीक उसके दो साल पहले शिवरात्रि के दिन गंगास्नान करने और केदारजी और विश्वनाथजी पर फूल-माला चढ़ाने तितली के पिताजी बनारस आए थे। मेरे साथ उनका कोई परिचय नहीं था।

गंगास्नान करने की आदत मेरी बहुत पुरानी है। शिवरात्रि के दिन सबेरे नहाने से पहले केदारघाट में एक बुर्ज पर बैठकर दोस्तों के साथ मैं गप्प लड़ा

रहा था। सोचा था कि घाट पर भीड़ थोड़ी हलकी हो जाने पर हम पानी में कूद पड़ेंगे।

अचानक 'बचाओ-बचाओ' का शोर सुनकर हम लोगों ने देखा कि करीब पचास साल का एक प्रौढ़ पानी में डूब रहा है। मैंने अपना ओढ़ना और चप्पल बुर्ज पर छोड़कर पानी में छलाँग लगाकर उन्हें पानी से बाहर निकाला।

इतनी देर में उन्होंने काफी पानी पी लिया था। किनारे लाने के बाद सीढ़ी पर उन्हें लिटाकर थोड़ी सी कोशिश करते ही उन्होंने काफी पानी उगल दिया। थोड़ी देर बाद थोड़ा सा आराम पाते ही उन्होंने मेरे दोनों हाथों को पकड़कर कहा, ''बेटा तुमने आज मुझे जीवन-दान दिया है। मैं तुम्हारा कर्ज कभी नहीं उतार पाऊँगा।''

उस वक्त मैं चौबीस-पचीस साल का एक फुर्तीला नौजवान था। उनकी बातों के जवाब में कहा था, ''नहीं, ऐसी कोई विशेष बात नहीं है। इस घाट पर अकसर ऐसा होता ही रहता है। केदारघाट की सीढ़ियाँ बहुत ही फिसलनदार हैं। तैरना न जानने पर कभी भी दुर्घटना घट सकती है। आपको डूबते हुए देखकर मैंने बचा लिया, यह कोई बहुत बड़ा काम नहीं है।''

लेकिन वह यथार्थ रूप से सज्जन आदमी थे। मैं उन्हें जानता नहीं था।

मेरी बातें सुनकर उन्होंने कहा था, ''तुम मेरे बेटे जैसे हो। अगर तुम बुरा न मानो तो एक बात कहूँ। मैं तुम्हारे माता-पिता से एक बार मिलना चाहूँगा। जिन्होंने तुम्हारे जैसे योग्य पुत्र को जन्म दिया है, उनका दर्शन करना विश्वनाथ-अन्नपूर्णा दर्शन की अपेक्षा कम पुण्य का काम नहीं होगा। एक बार तुम मुझे उनसे मिला दो।''

उनकी बातें सुनकर मेरे आश्चर्य का ठिकाना नहीं रहा। सोचा था—ऐसी बातें तो मैंने कभी नहीं सुनी। मैंने उन्हें उनका विचार त्यागने के लिए काफी मनाया, लेकिन वह अड़े हुए थे। जबरदस्ती ही मेरे साथ मेरे घर आ गए।

बाबूजी घर पर ही थे। घर पहुँचते ही बाबूजी को देखकर उन्हें बहुत आश्चर्य हुआ। उन्होंने बाबूजी के पैर छूकर कहा, ''सर, मेरा सौभाग्य था कि काशी हिंदू विश्वविद्यालय में इंजीनियरिंग पढ़ते वक्त कुछ दिन मैं आपका

छात्र रहा। यह मेरी खुशकिस्मती है कि अर्से बाद आज फिर से आपके दर्शन हुए।''

उन दिनों बाबूजी की काफी उम्र हो चुकी थी। करीब दस साल पहले उन्होंने अवकाश ले लिया था। उस सज्जन की बातों को सुनकर उनकी ओर थोड़ी देर तक वह देखते रहे, फिर उन्होंने पूछा था, ''किस साल में आप पढ़े थे?''

वह सज्जन तीस साल पहले के इतिहास में लौट गए। उन्होंने कहा था, ''नाइनटीन सिक्सटी के बैच में। मैं हॉस्टल में रहता था। मनुजेंद्र दास गुप्ता।''

अचानक बाबूजी के चेहरे पर मैंने एक खुशी की झलक देखी। उन्होंने कहा, ''हाँ, हाँ, अब याद आया। तुम्हारा नाम मुझे बड़ा अजीब सा लगा था, शायद इसलिए आज भी मैं भूल नहीं सका। अरे, उस साल तुम्हीं को गोल्ड मेडल मिला था न!''

एक बार फिर से बाबूजी के पैर छूकर उन्होंने आश्चर्य से कहा था, ''जी हाँ। लेकिन सर, तीस साल पहले की बात आपको अभी भी याद है? बड़ी ताज्जुब की बात है।''

फिर बहुत सारी बातें करने के बाद उन्होंने बाबूजी से कहा था, ''आज इस नौजवान ने मुझे जीवनदान दिया। अगर वह आज मुझे नहीं बचाता तो शायद आपसे मेरी मुलाकात नहीं हो पाती। मैं तो इस नौजवान के माता-पिता के दर्शन करके अपना आभार व्यक्त करने और कहने आया था कि वास्तव में ऐसे पुत्र पर उन्हें नाज होना चाहिए।''

माँ और बाबूजी चकित हो गए थे। वे समझ नहीं पा रहे थे कि मैंने कौन सा ऐसा नेक काम किया कि दासगुप्ताजी मेरी इतनी प्रशंसा कर रहे हैं।

उनकी जान मैंने कैसे बचाई, यह विस्तार से वर्णन करने के बाद उन्होंने बाबूजी से कहा था, ''आजकल ऐसे परोपकार करनेवाले लड़के मिलते कहाँ हैं? सर, मैं कल्पना तक नहीं कर सका था कि सुमन आप ही का बेटा है। रिएली ही इज दी वर्दी सन् ऑफ ए वर्दी फादर।''

वह थमना ही नहीं चाहते थे। काफी देर तक उन्होंने बाबूजी से बातें कीं। उसी वक्त मुझे मालूम हुआ था कि इंजीनियर बनने के बाद वह अपने

घर लखनऊ वापस चले गए थे। फिर वहीं पर उन्होंने एक छोटा फैन का कारखाना स्थापित किया था।

धीरे-धीरे कारखाना बढ़ता गया। काफी धन वह कमा चुके हैं, लेकिन अब वह धन-दौलत से छुटकारा पाना चाहते हैं। छुटकारा चाहने पर भी, उन्हें छुटकारा मिल नहीं रहा है, कारण उनका एकमात्र बंधन है—एकलौती बेटी तितली। बेटी की शादी होते ही वह सारा बंधन त्यागकर शांति से आखिरी दिन बिता सकते हैं।

शुरुआत ऐसी ही हुई। फिर दूसरे साल से ही अपनी बेटी के साथ मेरा रिश्ता तय करने के लिए वह बाबूजी से मिन्नत करने लगे।

शुरू में बाबूजी ने इनकार कर दिया था। तितली की जन्मकुंडली से मेरी जन्मकुंडली का मिलान उन्होंने किया था और इनकार कर दिया था।

उन्हीं दिनों बाबूजी ने माँ से कहा था, "तुम्हारे बेटे के नसीब में पत्नी की किसमत से ही धन है। मेरे हजार बार इनकार करने के बावजूद यह शादी होकर रहेगी क्योंकि नसीब बदला नहीं जा सकता है, लेकिन कुछ काँटे जरूर रहेंगे।"

अंत में तितली के पिताजी ने मेरे बाबूजी को पिघला लिया था। उस वक्त मैं बनारस के ही एक कॉलेज में इकनॉमिक्स पढ़ाता था। बेहतर नौकरी की तलाश में मैं भिन्न-भिन्न जगहों पर दरख्वास्त डालता रहा।

अध्यापन का पेशा मुझे पसंद नहीं था। सिर्फ बेकार बैठे रहने से अध्यापन करना बेहतर है, यह सोचकर ही मैं एक कॉलेज में पढ़ाता था।

मेरे श्वसुरजी से परिचय होने के दो साल के अंदर मेरी शादी हुई। दूसरे ही साल 'डेनहम एंड कूपार' की नौकरी पाते ही मैं कलकत्ता चला आया था।

मेरी तरक्की शुरू हुई। इसी सिलसिले में आज इस मल्टीनेशनल कंपनी के पब्लिक रिलेशंस ऑफिसर के पद तक मैं पहुँच गया। वास्तव में पत्नी की किस्मत से ही मुझे धन-दौलत मिली।

सिर्फ नौकरी की बदौलत नहीं, दूसरे रास्ते से भी मुझे काफी धन मिलता गया। शादी के थोड़े दिन बाद ही श्वसुरजी दिल के दौरे की वजह से

गुजर गए। गुजरने से पहले ही उन्होंने गौतम बुद्ध मार्ग का विशाल भवन, बैंक का कुल फिक्स्ड डिपॉजिट, कैश वगैरह सब हमारे नाम से वसीयत कर दिया था। उनके गुजरने के बाद वसीयत का प्रोबेट मिलते ही हम दोनों के खाते में कई लाख रुपए जमा हो गए। इसके अलावा शादी के वक्त तितली के नाम से उन्होंने दो लाख रुपए जमा कर दिए थे।

लिहाजा बाबूजी की भविष्यवाणी, कि पत्नी की किस्मत से धन-लाभ होगा, एकदम सही निकली। अभी तक काँटे का पता तो नहीं चला, लेकिन बाबूजी की गणना कभी गलत नहीं हुई है। मुझे नहीं मालूम कैसे काँटे की चुभन मेरे नसीब में है।

जैसा भी हो मुझे परवाह नहीं है। मैं हमेशा एक स्पोर्ट्र्समैन रहा—अभी भी स्पोर्ट्समैन स्पिरिट बनी हुई है, भले ही उम्र चालीस पार कर गई है। मैं जानता हूँ, हर तरह के काँटे की चुभन बरदास्त करने की ताकत मेरे पास है और हमेशा ही रहेगी।

कई बार मैंने बाबूजी से पूछा भी था कि कैसा काँटा मेरे नसीब में है। उन्होंने मुझे कभी नहीं कहा। बल्कि वह कहते थे, ''जो है सो है। मुझे यकीन है कि वास्तविकता को इनकार करने वाले बेवकूफ तुम नहीं हो।''

आज बाबूजी नहीं हैं। माँ भी कई साल हुए स्वर्ग सिधार गईं। मुझसे करीब दस साल बड़ी एक दीदी अपने पति और बच्चों के साथ मुंबई में हैं। जीजाजी एयरफोर्स में थे—हाल ही में रिटायर हुए हैं। अब मुंबई ही उन लोगों का निवास स्थान है। कभी-कभार मुलाकात होती रहती है।

बनारस के साथ भी अब मेरा कोई संबंध नहीं है। लखनऊ का मकान बेचकर दो साल पहले हम दोनों ने सदार्न एवेन्यू का फ्लैट पसंद करके खरीदा।

लेकिन तितली की जुबान अगर हमेशा के लिए बंद हो जाती है, मेरी जिंदगी तो एकदम सूनी सी हो जाएगी। तब तो मुझे भी एक गूँगे जैसे दिन गुजारने पड़ेंगे। अकेले मैं कितनी बातें करूँगा?

मुझे याद नहीं है कि कितनी देर तक बैठे-बैठे मैं यह सारी बातें सोचता रहा। तितली की ओर भी मैंने गौर नहीं किया था। अचानक उसकी ओर

निगाह पड़ते ही देखा कि वह मेरी ओर एकटक देख रही है।

ईजीचेयर से उठकर मैं उसके पास पहुँचा। पूछा, ''कैसी हो तितली?''

एक मायूस मुसकान के साथ तितली ने मेरे दोनों हाथों को अपनी हथेलियों में ले लिया। अचानक उसकी मुसकान रोने में बदल गई। वह फूट-फूटकर रोने लगी।

तितली के इस मानसिक बदलाव को देखकर मैं अवाक् रह गया। अचानक तितली में ऐसा परिवर्तन क्यों हो गया? मेरे हाथों को पकड़कर वह क्या कहना चाहती है?

लगातार दो दिन से नर्सिंग होम के बिस्तर पर पड़े-पड़े और डॉक्टर चौधरी के इलाज से मुझे आराम तो काफी मिला है, फिर भी मुझे समझ में नहीं आ रहा है कि मैं बातें क्यों नहीं कर पा रही हूँ। डॉक्टर साहब का कहना है, ''मनोबल बढ़ाइए। बोलने की कोशिश करिए, देखिएगा कि आप बातें कर पा रही हैं।'' मैं तो जी-तोड़ मेहनत कर रही हूँ, लेकिन फिर भी गले से स्वर नहीं निकल रहा है।

आखिर ऐसा क्यों हुआ? सुमन से बहुत सारी बातें करने का जी चाह रहा है। देख रही हूँ कि मेरे ओंठ हिल रहे हैं, लेकिन गूँगे भी तो ओंठ हिला सकते हैं। जिस प्रकार वे हजारों प्रयास के बावजूद भी बातें नहीं कर पाते, मेरी भी हालत वैसी ही हो गई है।

करीब ग्यारह बजे जब डॉक्टर चौधरी गाइनोकोलॉजिस्ट डॉक्टर मिसेज राय को लेकर आए हुए थे, मैंने उन्हें समझाने की कितनी कोशिश की कि मुझे कोई स्त्री रोग नहीं है, लेकिन वे समझ नहीं सके। डॉक्टर चौधरी ने कहा कि कभी-कभी जटिल स्त्री रोग की वजह से हिसटरिक अटैक होने के बाद बहुत सी औरतें बेहोश हो जाती हैं।

कितनी मेहनत मैंने की थी, डॉक्टर चौधरी को यह समझाने के लिए कि मुझे ऐसा कुछ नहीं हुआ है। मैं उनसे कहना चाहती थी कि मेरी मानसिक स्थिरता नष्ट होने का मूल कारण 'एक और कर्ण' नाटक में क्रूसा की असहाय

दशा और आयन के प्रति उनका वात्सल्य प्रदर्शन ही रहा। लेकिन मेरे कंठ से एक भी स्वर न निकलने की वजह से उन्हें मेरी बात समझ में नहीं आई। डॉक्टर मिसेज राय के साथ मुझे छोड़कर वे सुमन के साथ बाहर चले गए।

डॉक्टर राय नर्स की मदद से मेरी जाँच करने के लिए मेरे पास पहुँच गई थीं। मैंने बिस्तर से उतरकर भाग जाने की कोशिश की थी, क्योंकि मुझे निश्चित विश्वास हो गया था कि अब सुमन से मैं कुछ छिपा नहीं सकूँगी।

मैं समझ गई थी कि डॉक्टर राय मेरी हरकत से काफी विस्मित हो गई थीं। लेकिन वह और नर्स मुझे पकड़कर बिस्तर पर जबरन सुला रही थीं। नर्स के हाथ से बचकर, बिस्तर छोड़कर फिर से मैंने भागने की कोशिश की थी, लेकिन कमजोरी के चलते मैं उसके साथ काफी देर तक जूझ नहीं पाई थी। डॉक्टर राय ने मेरे दोनों घुटनों को दबाकर जबरन मुझे लिटा दिया था।

अंत में मैंने हार मान ली थी। थककर मैंने अपना प्रयास छोड़ दिया था। जब डॉक्टर राय हाथ में ग्लब्स पहनकर मेरी ओर बढ़ आई थी, मुझे लगा था कि वह एक डॉक्टर नहीं खूनी है। मेरी गृहस्थी की सुख-शांति की हत्या करने के लिए वह धीरे-धीरे मेरी ओर बढ़ रही है।

मुझे नहीं मालूम करीब दस मिनट तक मुझे तकलीफ देकर उन्होंने किस तरह की जाँच की थी। जाँच करने के बाद ग्लव्स खोलकर, बाथरूम से हाथ धोकर मेरी ओर एक अजीब निगाह से देखती हुई उन्होंने पूछा था, ''क्या बात है मिसेज सेन, जाँच करवाने में आपको इतनी अनिच्छा, इतना एतराज क्यों था?''

मैं एकटक डॉक्टर राय की ओर देख रही थी। क्या उन्हें कुछ समझ में नहीं आया? क्या मैं निरर्थक भयभीत थी? अगर मैं सुमन से कुछ नहीं कहती हूँ, तो क्या सुमन को कभी पता नहीं चल पाएगा? मुझे काफी राहत मिली थी।

लेकिन कितनी देर के लिए वह राहत थी? डॉक्टर राय की अगली बातों से ही मुझे मालूम हो गया था कि उनके लिए अब अनजान कुछ भी नहीं है।

डॉक्टर राय ने मुझसे पूछा, ''कितने साल पहले आपको संतान मिली थी मिसेज सेन? अगर उस वक्त आप कायदे से इलाज करवा लेतीं तो अब तक

आपके कई और बच्चे हो गए होते।''

एक धक्के से नर्स को दूर हटाकर मैं बिस्तर से कूद पड़ी। डॉक्टर राय के हाथों को पकड़कर मैं पागल की तरह चिल्ला उठी, ''स्टॉप इट! स्टॉप इट।''

लेकिन मेरे गले से आवाज न निकलने के कारण डॉक्टर राय मेरी बातें समझ न सकीं। बल्कि मेरी पागल की तरह शक्ल-सूरत और व्यवहार देखकर नर्स झट से केबिन से निकलकर डॉक्टर चौधरी को बुला ले आई।

मैं अपनी आँखें लाल करके उस वक्त भी डॉक्टर राय को धमकी दे रही थी। मुझे याद नहीं है कि मैं उस वक्त उनसे कैसे पेश आई थी, क्योंकि डॉक्टर चौधरी और दो तीन नर्सों ने मिलकर मुझे जबरन बिस्तर पर सुला दिया था।

डॉक्टर चौधरी ने मुझे एक सुई लगा दी, फिर मुझे और कुछ याद नहीं, मैं सो गई थी।

जब मेरी नींद खुली, मैंने देखा कि सुमन ईजीचेयर पर बैठे-बैठे सीलिंग की ओर ताककर गहरे सोच में डूबा हुआ है। मैंने उसे बुलाने की कोशिश की, लेकिन बुला न सकी। जैसे ही उसकी निगाह मुझ पर पड़ी, जल्दी से वह मेरे पास आ गया।

मैंने उसके दोनों हाथों को पकड़कर अपनी ओर भींच लिया था। मैंने कहना चाहा, ''मुझे माफ कर देना सुमन, मुझे माफ कर देना। कई बार मैंने तुमसे सारी बातें कहनी चाहीं, लेकिन शर्म से मेरे ओंठ बंद हो जाते थे। सुमन, तुम अपनी प्यारी तितली को क्षमा करना।''

मैंने कहना चाहा, ''आयन के बारे में जानने के बाद राजा युथास ने रानी क्रूसा को माफ कर दिया था। सुमन, क्या तुम वैसा नहीं कर सकते हो? तुम तो एक स्पोर्ट्समैन थे। स्पोर्ट्समैन तो काफी उदार होते हैं। तुम तो तितली से प्यार करते हो—उसे माफ नहीं कर सकोगे?''

इतनी सारी बातों में से एक भी मैं कह नहीं सकी। गूँगी औरत की तरह ओंठ हिलाते-हिलाते थककर मैं फफक-फफककर रो पड़ी। सुमन मेरे इस मानसिक परिवर्तन को नहीं समझ सका। वह हक्काबक्का-सा मेरी ओर देखता ही रह गया।

इसके बाद सुमन मेरे बालों पर काफी देर तक हाथ फेरता रहा। फलों का रस निकालकर खुद उसने मुझे पिलाया। मेरे बिस्तर के बगल में बैठकर लगातार वह बातें करता गया, मुझे ढाढ़स देता गया, लेकिन इसके बदले में मैं सुमन को कुछ भी नहीं दे पाई, यहाँ तक कि एक बात भी नहीं कर सकी।

सुमन के प्यार के बदले में मैं उसे कुछ भी नहीं दे सकी। अगर मैं बातें कर सकती थी, तो शायद उसे मानसिक पीड़ा मैं दे सकती थी। शायद मेरी बातें सुनकर सुमन पीड़ा से छटपटाता, लेकिन मुझे यकीन है कि उसके ओंठों पर मुसकान हमेशा की तरह बनी रहती।

दिन भर सुमन नर्सिंग होम में ही रहा। कितनी बार मैंने पूछना चाहा, "सुमन, पिछले दो दिन से तुम ने ठीक से भोजन तो किया है? क्या आज तुमने छुट्टी ली है? डॉक्टर चौधरी मुझे कब छुट्टी देंगे?" हजारों सवाल मैं पूछना चाहती थी, लेकिन एक भी मैं कर नहीं सकी। इशारों से बातें करने में क्या कोई आनंद भी है?

जब भी मैंने इशारे से कुछ कहने की कोशिश की सुमन या तो पानी का गिलास या फलों का रस या और कुछ लेकर हाजिर हो गया। हर पल वह एक ही धुन में है कि कैसे मुझे थोड़ा सा आराम मिले। कैसे मैं सुमन को अपनी बातें समझाऊँ?

शाम के वक्त डॉक्टर चौधरी ने नर्सों की मदद से मुझे एक और कमरे में भिजवा दिया। सुमन भी वहीं था। सुमन ने कहा, "डॉक्टर बसु मल्लिक तुम्हारी बोलने की शक्ति को वापस लाने के लिए तुम्हारा इलाज करेंगे। उनकी बातें मान कर चलना—तुम बातें कर सकोगी।"

डॉक्टर बसु मल्लिक ने सुमन एवं नर्सों को विदा कर दिया। उनके साथ अंदर की एक कोठरी में पहुँचकर उनके निर्देश के अनुसार बातें करने की मैंने बहुत कोशिश की, लेकिन नहीं कह सकी। फिर डॉक्टर बसु मल्लिक ने कहा, 'अब मुझसे ताकत लेकर आप बातें करें।"

उन्होंने मुझे एक सुई लगाई। डॉक्टर की बातें सुनते-सुनते मुझे नींद लग रही थी, मुझे नहीं याद है कि फिर मैंने बातें की हैं या नहीं।

इस वक्त लगता है आधी रात का समय है। चारों ओर शांत है। केबिन

में एक बेडलैंप जल रहा है। सुमन ईजीचेयर पर ही सो गया है। पता नहीं क्यों बिस्तर पर वह नहीं सोया है? मैं तो अपने बिस्तर पर ही लेटी हुई हूँ, लेकिन डॉक्टर बसु मल्लिक के कमरे से मैं यहाँ आई कैसे?

मैंने अयन से कहा, "तुम अपने माँ-बाप के बारे में जानना चाहते हो! मैं तुम्हें वचन भी दे चुकी हूँ कि मैं तुम्हें सारी बातें बताऊँगी, लेकिन कहाँ से शुरू करूँ समझ में नहीं आ रहा है।"

बहुत होशियार लड़का है— अयन। उसने कहा, "आपकी परेशानी मैं महसूस कर सकता हूँ। स्टैंप पेपर पढ़कर मैंने अंदाज लगा लिया है कि मेरा जन्म भी कर्ण के जन्म जैसा धुंध में छिपा है।"

संकोच से दबकर मैंने कहा, "चूँकि तुम्हारी माँ की यह लज्जाजनक कहानी हम दोनों और तुम्हारे इस समय के माँ-बाप के अलावा और कोई नहीं जानता, इसलिए तुमसे सारी बातें कैसे कहूँ?"

खिड़की से बाहर की ओर उसने थोड़ी देर देखा। अचानक उसने आगे कहा, "कुंती ने हमेशा कर्ण के बारे में चिंतन किया, अस्त्र परीक्षण के दिन अचानक कर्ण को देखकर वह बेचैन हो उठी थी और अंत में कर्ण के निधन के बाद उसने सारा भेद खोलकर विलाप भी किया था। महाभारत में मैंने पढ़ा था कि कुंती ने स्वयं कर्ण के पास पहुँचकर अर्जुन की प्राण भिक्षा माँगी थी, लेकिन कर्ण के मन में जो अतृप्त आकांक्षा और हमेशा मातृस्नेह से वंचित रहने की जो वेदना रही, उसका कोई खास वर्णन कहीं नहीं मिला।"

"माँ ने मुझे महाभारत बड़े गौर से पढ़ने के लिए कहा था, हालाँकि उनके उद्देश्य के बारे में मुझे मालूम नहीं है। चाहे जो भी रहा हो, कर्ण के चरित्र ने मुझे काफी प्रभावित किया। उसके चरित्र की विनम्रता, उसके व्यक्तित्व के साथ मिली हुई अहंकार की झलक, उसके पौरुष ने वाकई मेरा मन मोह लिया है।"

मैं चुपचाप अयन की बातें सुन रही थी। उसकी उम्र सोलह-सत्रह से अधिक नहीं होगी, लेकिन उसकी बुजुर्ग जैसी बातें और भावुकता ने उसे

और अधिक आयु का बना दिया है।

एक मायूस मुसकान के साथ अयन ने कहा, "कागज मेरे हाथ तक पहुँचने से पहले मैं कभी कल्पना तक नहीं कर सका था कि कर्ण जैसा मैं भी अपनी पैदाइश के समय से अपनी माँ से बिछुड़ा हुआ हूँ। अब मुझे जब सारी बातें मालूम हो चुकी हैं, मेरी माँ के बारे में जितना भी कड़वा-सच क्यों न हो, मैं सुनने के लिए तैयार हूँ। शायद मैं अपने नसीब को कोसता रहूँगा, फिर भी आप मुझे सारी बातें कहिए, मैं सुनूँगा।"

काफी हिचकिचाहट के साथ मैंने कहा, "बेटा, तुम्हारी जन्मतिथि तो अब तुम्हें मालूम हो ही गई है। अब समझो, तुम्हारे जन्म के करीब तीन साल बाद तुम्हारी माँ की शादी हुई है, लेकिन वह शादी तुम्हारे जन्मदाता पिता के साथ नहीं हुई है। किसी दूसरे के साथ शादी हुई।"

'चूँकि तुम्हारी माँ की यह लज्जाजनक कहानी, तुम्हारे पैदाइश की बातें सिवाय हम दोनों और तुम्हारे इस समय के माँ-बाप के अलावा और किसी को मालूम नहीं थी, इसलिए तुमसे सारी बातें करने में शर्म के मारे मैं झिझक रही थी। लेकिन तुमने कर्ण और कुंती का जिक्र करके इस बात को एक-दूसरे स्तर तक पहुँचा दिया। तुम्हारे इस विश्लेषण ने ही मुझे अपनी शर्म त्यागने के लिए विवश कर दिया बेटा।"

सिर झुकाकर अयन मेरी बातें सुन रहा था। मेरे चुप होते ही उसने सिर नीचा किए हुए ही कहा, "आप बेझिझक सारी बातें कहिए।"

मैंने कहा, "तुम्हारे जन्म के बाद ही तुम्हारी माँ अपने मायके चली गई थी। तुम्हारे नानाजी तुम्हारे बारे में कुछ भी नहीं जानते थे। वह तुम्हारी माँ की शादी के इंतजाम करने में जुट गए और तुम्हारे जन्म के करीब तीन साल बाद उन्होंने उसके हाथ पीले कर दिए। बेटी के ससुराल भेजने के कुछ दिन बाद वह गुजर गए, लेकिन मरते वक्त तक उन्होंने तुम्हारे बारे में नहीं जाना। अगर उन्हें तुम्हारे बारे में मालूम होता तो वह कभी भी अपनी बेटी की शादी नहीं करते, क्योंकि उनके जैसे ईमानदार लोग शायद ही पैदा होते हैं।"

अयन मेरी बातें चुपचाप सुनता जा रहा था। मेरे रुकते ही वह कह उठा, "इसके बाद क्या हुआ मौसीजी? आप मेरे पिता के बारे में कहिए।"

मैं चौंक उठी। मैं तुरंत समझ गई कि उसके माँ के पिता को मामा कहने से वह समझ गया कि उसकी माँ मेरी, ममेरी बहन है।

मैंने आगे कहा, "बेटी की शादी से पहले मामाजी काफी अस्वस्थ हो गए थे। हम दोनों पटना से उन्हें देखने गए। तुम्हारी माँ ने हमें पहले ही सावधान कर रखा था, ताकि हम तुम्हारे बारे में मामाजी को कुछ न बताएँ। चूँकि मामाजी को एक हलका सा दिल का दौरा पड़ चुका था, लिहाजा तुम्हारी माँ को आशंका थी कि तुम्हारे बारे में अगर उन्हें जानकारी हो जाए तो शायद वह चल बसेंगे।"

"हम भी तुम्हारे बारे में कहना नहीं चाहते थे, क्योंकि हमें यकीन था कि हमने तुम्हें जिनके हाथ सौंप दिया है, वे तुम्हें अपनी संतान जैसा ही प्यार करेंगे, तुम्हारे बारे में सोचेंगे। क्यों बेटा, हमने गलत तो नहीं सोचा था?"

अयन ने सिर हिलाकर कहा, "जी नहीं, इस बारे में मेरी कोई शिकायत नहीं है, क्योंकि तीन दिन पहले तक मैं भाँप ही नहीं सकता था कि वे मेरे सगे माँ-बाप नहीं हैं। अगर यह स्टैंप पेपर मुझे नहीं मिला होता तो शायद जिंदगी भर मुझे इसका एहसास भी नहीं होता और न इस सत्य के बारे में मुझे जानकारी होती।"

एक लंबी साँस छोड़कर मैंने कहा, "मैंने बार-बार शुभ्रांशुजी और मणिमाला से कहा था—लिखा-पढ़ी करने की क्या जरूरत है? मेरी बहन कभी भी अपने बेटे को माँगने नहीं आएँगी, लेकिन उनका कहना था, "हम आपकी बातों पर यकीन करते हैं, लेकिन मान लीजिए, अगर वह कभी वापस चाहेगी तो क्या होगा? लिखा- पढ़ी हो जाने से वह फिर कभी दावा तो कहीं कर पाएगी?"

"मैं इस तर्क का जवाब नहीं दे पाई थी। मणिमाला ने कहा था, "मिंती दीदी, मैं बच्चे को यकीनन दूध नहीं पिला सकूँगी, लेकिन तहेदिल से स्नेह और लाड़-प्यार से इसे बड़ा तो करूँगी न। अगर इसकी माँ उस वक्त दावा करेगी तो मैं कैसे अपने जोड़े हुए कलेजे को उसके हाथ दे दूँगी? तुम्हीं कहो न दीदी?"

स्तब्ध होकर अयन मेरी बातें सुन रहा था। मेरी आखिरी बातों को सुनकर, पता नहीं क्यों, वह जोर से काँप उठा।

मैंने कहा, "मुझे तुम्हारे माता-पिता ने वचन दिया था कि वे इस स्टैंप

पेपर को तुमसे छिपा कर रखेंगे। तुम्हें कभी भी इसके बारे में मालूम नहीं हो पाएगा। जैसे ही तुम इक्कीस साल के हो जाओगे, वे इस कागज को जला डालेंगे।''

आयन चीख उठा। उसने कहा, ''मैं बहुत ही खुशकिस्मत हूँ कि यह कागज मुझे यह मिल गया। चार साल बाद मुझे मालूम ही नहीं हो पाता कि कौन मेरी माँ है और मैं कौन हूँ? हम दोनों का रिश्ता हमेशा ही अनजान रह जाता। कर्ण के कवच जैसा यह स्टैंप पेपर ही मेरा अभिज्ञान है।''

थोड़ा सा रुककर अयन ने पूछा, ''मौसीजी, आपको मेरे पिता के बारे में क्या मालूम है, मुझे बताइए।''

अचानक दूसरी मंजिल पर अयन के मौसाजी पुकार उठे, ''सुनती हो, तुम लोग ऊपर की मंजिल में चले आओ। उस बच्चे को भी बुला लो।''

मैं अयन के साथ ऊपर की मंजिल में चली आई।

नर्सिंग होम में मेरे पहुँचने के थोड़ी देर बाद डॉक्टर चौधरी मेरे चेंबर में आकर अपने नए पेशेंट मिसेज सेन के बारे में मुझसे कहा था। मैंने मिसेज सेन की अस्वस्थता के बारे में विस्तार से सुना। डॉक्टर चौधरी ने अपनी राय भी मुझे बता दी थी। उन्होंने कहा था कि शायद अचानक मिसेज सेन की एडजस्टमेंट डिस ऑर्डर हो जाने के कारण उनकी वाक्शक्ति लुप्त हो गई है।

इसलिए डॉक्टर चौधरी ने मुझसे अनुरोध किया है कि मैं मिसेज सेन की अच्छी तरह जाँच करके अपनी रिपोर्ट उनके पास पेश कर दूँ। वह समझते हैं कि मानसिक चिकित्सा के द्वारा ही मिसेज सेन को उनकी लुप्त वाक्शक्ति वापस हो सकती है, क्योंकि उनकी शारीरिक अस्वस्थता प्रबल नहीं है।

डॉक्टर चौधरी के अनुसार जिस हालत में मिसेज सेन बेहोश हो गई थीं, उस परिस्थिति के बारे में और विस्तृत विवरण प्राप्त करने के इरादे से मैंने डॉक्टर चौधरी से कहा था कि इस मामले में मिस्टर सेन के सहयोग की अपेक्षा रखना निहायत जरूरी है। इसके उपरांत मिसेज सेन ने अपनी बेहोशी की हालत में जिन लोगों के बारे में जिक्र किया है, उनके बारे में भी मिस्टर सेन से बातें

करनी हैं। इन सभी पूछताछ के बाद ही मिसेज सेन की जाँच की जा सकती है अन्यथा सब निरर्थक हो जाएगा।

डॉक्टर चौधरी थोड़ी ही देर में मिस्टर सेन को बुला लाए थे। मिस्टर सेन के साथ बातें करने के बाद मैं समझ गया कि 'एक और कर्ण' नाटक के कथानक, भारतीय एवं यूनानी घटनाओं का तुलनात्मक अभिनय और उसी के साथ मिसेज सेन की बेचैनी की क्रमवार बढ़ोतरी एवं उनकी बेहोशी की हालत में कही गई बातों के बीच एक रोचक सामंजस्य है। शायद इसीलिए डॉक्टर चौधरी को लगा कि मिसेज सेन के अचेतन में कोई एडजस्टमेंट डिसआर्डर हो चुका है, जिसके पीछे कोई अवांछित दु:ख का कारण भी हो सकता है।

लेकिन मिसेज सेन ने बेहोशी की हालत में जिन व्यक्तियों के नाम का उच्चारण किया था, मिस्टर सेन इस सिलसिले में कोई प्रकाश नहीं डाल सके। उन नामों से उनके मित्रों-रिश्तेदारों में से कोई भी नहीं है। मिस्टर सेन को मालूम नहीं है कि वे मिसेज सेन के परिचित हैं या नहीं।

मैंने डॉक्टर चौधरी से अनुरोध किया था कि मिसेज सेन को वह मेरे चेंबर में भेज दें। दो-चार मिनटों के अंदर ही दो नर्सें मिसेज सेन को मेरे पास ले आईं।

नर्सों को एवं मिस्टर सेन को विदा करके मैं मिसेज सेन को अपने इंटरव्यू-रूम में ले आया।

मैंने गौर किया कि मिसेज सेन बातें कर नहीं पा रही हैं, फिर भी मेरी बातें वह समझ रही हैं।

एक सोफे पर मैंने उन्हें बैठने के लिए कहा। वह बैठ गईं। फिर मैंने मुसकराकर कहा, "मिसेज सेन, अचानक आपकी जुबान बंद हो जाने से आपको काफी तकलीफ हो रही है न!"

सिर हिलाकर मिसेज सेन ने मेरी बातों को मान लिया।

हमदर्दी दिखाने के लहजे में मैंने कहा, "आपका यह जुबान बंद हो जाना, वास्तव में आपका कोई रोग नहीं है। बात करने की इच्छा में आपकी कमी आ जाने से यह दिक्कत पैदा हो गई है। अगर आप कोशिश करें तो आप जरूर बातें कर सकेंगी। मिसेज सेन, आप थोड़ी सी इच्छा-शक्ति को

बढ़ाकर कोशिश कीजिए न।''

मिसेज सेन ने कोशिश की, लेकिन उनके गले से आवाज नहीं निकली। इशारे से उन्होंने मुझे समझाया कि उनकी आवाज बंद हो गई है।

मैंने कहा, ''नहीं, मिसेज सेन, आपकी आवाज बंद नहीं हुई है। आप में इच्छा की कमी हो गई है। आप अपनी पूरी इच्छा-शक्ति को एक जगह इकट्ठी करके, अपने मनोबल को बढ़ाकर सोचिए कि आपको कोई तकलीफ नहीं है। सोचिए—''मैं बातें करूँगी, अवश्य करूँगी।''

थोड़ी देर कोशिश करने के बाद मिसेज सेन ने सिर हिलाकर मुझे समझा दिया कि कोशिश के बावजूद भी वह बोल नहीं पा रही हैं। जब काफी प्रयास के बाद भी मैं मिसेज सेन का 'विलपावर' वापस लाने में सक्षम नहीं हुआ तो मैंने कहा, ''जब आप कह रही हैं कि आपकी इच्छाशक्ति से काम नहीं बन रहा है, तो अब मेरी इच्छाशक्ति की मदद लेकर देखिए—शायद आप बातें कर सकेंगी।''

मिसेज सेन को एक इंट्रावेनस सोडियम पेंटोथाल इंजेक्शन देकर और एक के बाद एक चेंबर की बत्तियाँ बुझाकर, एक हलकी सी रोशनी कर देने के बाद मैंने कहा, ''मिसेज सेन, आप मुझे देख रही हैं न? मेरी ओर आप एकटक देखती रहिए। सोचिए, मैं आपकी वाक्शक्ति आपको वापस कर रहा हूँ। मेरी ताकत से अब आप अपनी वाक्शक्ति वापस पा रही हैं। अब बोलने की ताकत आपमें आ गई। अब आप मुझसे बातें कर सकती है।''

थोड़ी ही देर में मिसेज सेन हिप्नोटाइज्ड हो गईं। मैंने उनसे पूछा, ''मिसेज सेन, आप मेरी बातें सुन रही हैं न! मिसेज सेन, मेरी बातें आपको सुनाई पड़ रही है?''

बहुत ही कमजोर आवाज में मिसेज सेन ने कहा, ''जी हाँ, मैं सुन रही हूँ।''

''और थोड़ी ऊँची आवाज में कहिए।''

''ठीक है, कोशिश करूँगी।''

मैंने पूछा, ''मिसेज सेन, क्या बातें करने में आपको तकलीफ हो रही है?''

"जी, नहीं।"

"मिसेज सेन, क्या आपको याद है, दो दिन पहले मिस्टर सेन के साथ आप नाट्यसदन में क्यों गई थीं?"

"जी हाँ, याद है। नाटक देखने गई थी।"

"क्या नाटक का नाम आपको याद है? क्या नाम था नाटक का?"

"जी हाँ, अच्छी तरह याद है। हम 'एक और कर्ण' नाटक देखने गए थे।"

मैंने पूछा, "आपको नाटक कैसा लगा था? क्या नाटक का कथानक आपको याद है?"

"जी डॉक्टर साहब, सब याद है। कैसे मैं नाटक का कथानक भूल सकती हूँ। वह तो मेरे ही जीवन की प्रतिच्छाया थी।"

काफी उत्सुकता के साथ मैं एक के बाद एक प्रश्न पूछता जा रहा था। मैंने उम्मीद नहीं की थी कि इतनी जल्दी ही मिसेज सेन मुझसे सहयोग करेंगी। डॉक्टर चौधरी ने कहा था कि पिछले दो दिनों में मिसेज सेन अपने होश में एक भी शब्द उच्चारण नहीं कर सकी थीं, लेकिन अब सम्मोहित होकर उनके ओंठों के ताले खुल गए।

उनके मन के दरवाजों को खोलने के इरादे से मैंने उनसे पूछा, 'मिसेज सेन, वह नाटक आपके जीवन की प्रतिच्छाया कैसे बना? वह तो महाभारत के कर्ण और कुंती की कहानी थी।"

मिसेज सेन ने कहा, "कर्ण और कुंती के साथ क्रूसा और आयन भी तो थे। कभी मैं क्रूसा बनकर आयन को एक पहाड़ी गुफा में छोड़ आने के लिए किसी के हाथ में सौंपती, तो कभी उसे खोकर मैंने कुंती की तरह विलाप किया।"

मैंने कहा, "मिसेज सेन, आपकी बातें सुनने में मुझे काफी आनंद मिल रहा है। आप चुप मत रहिए, आप बोलती जाइए।"

उन्होंने कहा, "नहीं, अब मैं और चुप नहीं रहूँगी। सत्रह साल तक मैं चुप थी, लेकिन अब मैं बोलूँगी।"

रुक-रुककर मिसेज सेन कहने लगीं, "क्रूसा की खूबसूरती का दीवाना

होकर सुनील सान्याल उसे अपने आगोश में पाना चाहता था। दो साल तक उसकी प्यार भरी मीठी-मीठी बातें सुनते-सुनते क्रूसा अपने को खो बैठी थी। अंत तक क्रूसा अपने साथ और लड़ाई नहीं कर सकी। खुद अपने को सौंप दिया था सनि के हाथों में।''

मैंने पूछा, ''मिसेज सेन, सनि कौन है?''

एक लंबी साँस छोड़कर अधजगे स्वर में उन्होंने कहा, ''सनि क्रूसा का अपोलो था, कुंती का सूर्य। सुनील सान्याल सनि संबोधन सुनकर बहुत खुश हो जाता था।''

मैंने पूछा, ''फिर? आगे क्या हुआ? क्रूसा अपोलो के पास कैसे पहुँच गई?''

धीरे-धीरे मिसेज सेन ने कहा, ''बड़े-दिन की छुट्टी के दौरान क्रूसा अपने दोस्तों के साथ पिकनिक मनाने बक्सी का तालाब गई हुई थी। उस विशाल आम के बगीचे में कितने बरगद के पेड़ थे, क्रूसा को मालूम नहीं था। एक-एक बरगद पर एक-एक पराश्रयी लिपटकर गायब हो गई। क्रूसा भी सनि को अपने आगोश में लेकर माली के कमरे में खो गई। बरगद के पेड़ों ने माली को पिकनिक के लिए सामान लाने बाजार भेज दिया था।''

मुझे लगा कि मिसेज सेन नींद के साथ लड़ाई करते-करते अब थक गई हैं। काफी थके हुए स्वर में उन्होंने कहा, 'क्रूसा का जी काफी भर गया था, लेकिन बर···बरगद···में···कीड़ा···लगा···'

उनकी जुबान बंद हो गई। धीरे-धीरे वह गाढ़ी नीद में चली गईं।

चेंबर से बाहर आकर मैंने नर्सों को बुला भेजा, वे मिसेस सेन को उनके बेड पर वापस ले गईं।

रात को मैंने डॉक्टर चौधरी से कहा, ''पहली ही सीटिंग में मिसेज सेन ने मेरे साथ काफी सहयोग किया है। मुझे और कई इंटरव्यू लेने होंगे। उनमें आत्मविश्वास की भावना भर देने के लिए और कई सीटिंग की जरूरत है। फिर मैं आपको अपनी रिपोर्ट पेश करूँगा।''

कलकत्ता वापस लौटने की इच्छा मेरी नहीं थी, लेकिन मुझे खुद यकीन नहीं हो रहा है कि किस अजीब आकर्षण से मैं लौट आया। माँ और बाबूजी के प्यार के आकर्षण से भी मजबूत एक चाह मुझे यहाँ खींच लाई है।

पटना में मिंती मौसी से मेरे जन्म रहस्य और मेरी जननी के बारे में पता लगने के बाद मैंने सोच लिया था कि मैं अब फिर कलकत्ते में नहीं लौटूँगा। किसी भी तरीके से मुझे अपने जन्मदाता पिता की तलाश करनी ही होगी और उनसे पूछना होगा कि उन्होंने इस खूबसूरत दुनिया में इस तरह बगैर परिचय जीने के लिए मुझे मजबूर क्यों किया है। सोचा था उनसे मुलाकात होने पर मैं उनसे पूछूँगा कि मेरी माँ के और मेरे ललाट पर ऐसा एक कलंक का टीका लगाकर उन्होंने क्यों हमारा जीना दूभर कर दिया है?

इन्हीं सारी बातों को सोचकर ही मैंने मौसी से अपने पिता के बारे में जानना चाहा था, लेकिन उनकी जुबान खुलने से पहले ही दूसरी मंजिल से मौसाजी ने आवाज दी थी।

मौसीजी मुझे दूसरी मंजिल में ले गईं। मौसाजी बिस्तर पर अर्द्धशयन की मुद्रा में थे। कमरे में पहुँचकर उन्हें देखने के बाद अचानक मुझे भीष्म पितामह की याद आ गई। टी.वी. सीरियल में देखे गए पितामह भीष्म जैसे ही बड़े-बड़े सफेद बाल, लंबी सफेद दाढ़ी और सफेद धोती में उन्हें देखकर मुझे लगा पितामह भीष्म शरशय्या पर लेटे हुए हैं।

उन्होंने अपने बिस्तर के पास मुझे बुलाया। मैं उनकी ओर धीरे-धीरे बढ़ गया।

अपने बिस्तर पर बैठाकर बड़े प्यार से मेरे बालों पर हाथ फेरते हुए उन्होंने कहा, "तुम्हारी मौसी से मुझे पता चला कि तुम अपनी माँ की तलाश में यहाँ आए हुए हो। इतनी देर तक उनसे बातें करने के बाद जरूर तुम्हें मालूम हो गया होगा कि वह तुम्हारी मौसी लगती है।"

सिर हिलाकर मैंने हामी भरी। मौसीजी बिस्तर के बगल में एक कुरसी पर बैठकर मेरी ओर देख रही थी। मुझे सिर हिलाते हुए देखकर वह मुसकराई।

मौसाजी ने मुझसे मेरा नाम पूछा। नाम बताते ही उन्होंने कहा, "बेटा अयन, मैं तुम्हारी मानसिक चंचलता समझ रहा हूँ, लेकिन क्या तुम्हें अपने

जनक-जननी के बारे में जानकर कोई खास फायदा होगा? अब तक जिस मिट्टी में तुमने अपनी जड़ जमा लिया है, क्या वहाँ से तुम अपने को उखाड़ सकोगे?''

थोड़ी देर रुककर उन्होंने कहा, ''इसके अलावा तुम्हारी जननी इस वक्त किसी और की पत्नी है। अगर उन्हें तुम्हारा परिचय मालूम हो जाए तो क्या वह एक ऊहापोह की स्थिति में नहीं फँस जाएगी? शर्मिंदा नहीं होगी? तुम्हारे जन्मदाता के बारे में हमें कोई जानकारी नहीं है। तुम्हारी जननी की शादी के वक्त ही हमने सुना था कि वह भारत से बाहर किसी देश में चला गया है। फिर? क्या उनका नाम-परिचय के बारे में जानकारी मिलने पर तुम्हें कुछ फायदा होगा?''

इतने सारे सवालों का जवाब देने की क्षमता मुझमें नहीं थी। मैं मौसाजी के एक भी तर्क को काट नहीं सका।

सिर झुकाकर मैंने कहा, ''आपका कहना सही है, लेकिन मेरी मानसिक अस्थिरता मेरे नियंत्रण के बाहर चली गई है। इसी वजह से मैं कलकत्ते से इतनी दूरी तक चला आया।''

मौसाजी ने फिर से मेरे माथे पर हाथ फेरकर सांत्वना देनी चाही।

मैंने कहा, ''मैं जानता हूँ माँ और बाबूजी को छोड़कर चले जाना असंभव है, क्योंकि मैं कभी भी यह समझ नहीं पाया कि वे मेरे अपने माँ-बाप नहीं हैं। सच्चाई इतनी तकलीफदेह हो सकती है, यह मुझे नहीं मालूम था।''

मौसीजी और मौसाजी ने मुझे काफी सांत्वना देने की कोशिश की। जितनी बातें उन लोगों ने कीं, उसका निष्कर्ष था कि यदि वास्तविकता को स्वीकार कर मैं उसे ही महत्त्व दूँ तो मैं सुखी होऊँगा। मुझे शांति भी मिलेगी। मौसाजी का कहना था कि अतीत की कब्र को खोदकर भूली-बिसरी घटना को वर्तमान काल में खींचकर जिंदगी को दूभर न बनाना ही श्रेयस्कर होगा।

दोनों का ही कहना था कि अतीत और वर्तमान काल को एक साथ मिला लेने पर दोनों युग से जुड़े व्यक्तियों की मानसिक यातना बढ़ जाएगी—किसी को भी शांति नहीं मिलेगी।

मौसीजी से मैंने पहले ही वादा किया था कि मैं सिर्फ एक बार अपनी

जन्मदात्री माँ को देखना चाहता हूँ। अपना परिचय मैं कदापि उन्हें नहीं दूँगा। मौसाजी से भी मैंने वही बातें दोहराईं।

मेरी बातों को सुनकर वह थोड़ी देर तक चुप रहे। काफी उत्सुकता से मैं उनकी ओर देखता रहा। मैं समझ गया कि वह एक दोराहे पर खड़े हैं। मेरी विचलित स्थिति देखकर शायद वह सोच रहे हैं कि मेरी माँ का नाम, पता वगैरह वह मुझे दें और फिर इस कार्य के परिणाम में हो सकता है—मेरी जन्मदात्री माँ के घर में अशांति न फैल जाए। शायद यही सोचकर वह रुक रहे हैं।

काफी समय बाद एक लंबी साँस छोड़कर मौसाजी ने कहा, "मुझे नहीं मालूम कि यह उचित होगा या नहीं। फिर भी मैं तुम्हें तुम्हारी जननी का पता वगैरह दे देता हूँ। मुझे विश्वास है कि जिनकी मरजी के बिना एक पत्ता भी नहीं हिलता, जो इस दुनिया के हर व्यक्ति को अपनी मरजी के अनुसार नियंत्रित करते हैं, उनकी ही मरजी से तुम्हें अपनी जननी का लिखा हुआ दस्तावेज, वह स्टैंप पेपर तुम्हें मिल चुका है।"

पराजित मुद्रा में मौसाजी ने कहा, "जब परमपिता परमेश्वर खुद ही तुम्हें तुम्हारे जन्म रहस्य के बारे में बताना चाहते हैं तो हम क्या कर सकते हैं। स्वयं भगवान् श्रीकृष्ण ने कर्ण को उनके जन्म के बारे में बताया था। उनकी बातें सुनकर कर्ण एक निर्मम शब्दहीन यातना से छटपटाया। इसलिए तुम्हें तुम्हारी जननी का पता दे देने में मेरा कोई अपराध नहीं होगा, क्योंकि तुम्हें तुम्हारे जन्म रहस्य के बारे में स्टैंप पेपर के माध्यम से स्वयं श्री मधुसूदन ने कहा है। हम तो उनके इशारे पर नाचनेवाले कठपुतले हैं।"

अपनी सत्रह साल के जिंदगी में इस तरह की बातें मैंने कभी नहीं सुनीं। लिहाजा उनकी बातें सुनकर मुझे बड़ा अद्भुत सा लग रहा था। मौसाजी के हमउम्र के कोई वृद्ध हमारे घर में नहीं हैं। माँ के साथ मैं ननिहाल में कई बार जा चुका हूँ, लेकिन वहाँ भी नानीजी के अलावा इतने उम्रदराज और कोई नहीं हैं, इसलिए मौसाजी की बातें सुनकर मुझे फिर से पितामह भीष्म की बातें याद आईं। मुझे लगा मानो मैं टी.वी. सीरियल में भीष्म के डायलॉग सुन रहा हूँ।

मौसाजी ने मौसीजी से कहा, "मेरा पता लिखनेवाली डायरी जरा ले आओ

तो! उन लोगों के नए मकान का पता मुझे याद नहीं रहता है।''

मौसीजी ने पहले मेज पर से एक सादा कागज और कलम मुझे दिया। फिर डायरी लाकर मौसाजी को देते ही, मौसाजी ने पन्ने पलटकर कहा, ''लिख लो बेटा। आकाश-प्रदीप...'

'आकाश-प्रदीप' सुनकर मैं चौंक उठा। कितनी अजीब बात। हम जिस हाई राइज बिल्डिंग में रहते हैं, उसका नाम भी तो 'आकाश-प्रदीप' है।

मेरी ओर बिना देखे ही मौसाजी डायरी से पढ़ रहे थे, ''फ्लैट नंबर-102सी, 21/32ए सदार्न एवेन्यू , कलकत्ता 700028।''

अगर मेरे सिर पर गाज भी गिरती, तो भी मैं इतना आश्चर्यचकित नहीं होता। मकान का नाम, पता, फ्लैट नंबर भी मुझे लिख लेने की जरूरत नहीं पड़ी, क्योंकि हमारे मकान का नाम और पता भी वही है। सिर्फ फ्लैट नंबर दूसरा है। हमारा फ्लैट नंबर है—102 डी।

कलम बंद करके मैं चकित होकर सोच रहा था—क्या मौसाजी के श्री मधुसूदन ने यह भी पहले निश्चित कर रखा था।

मैंने जो पता नहीं लिखा, मौसीजी ने गौर किया था। चकित होकर उन्होंने पूछा, ''क्यों बेटा, तुमने पता नहीं लिखा?''

मैंने मुसकराकर जवाब दिया, ''जरूरत नहीं है मौसीजी।''

विह्वल दृष्टि से मुझे घूरते हुए पता नहीं उन्होंने क्या सोचा। शायद उन्होंने सोचा, ''पता नहीं कैसा पागल लड़का है। पता लेने के लिए कलकत्ते से पटना चला आया, लेकिन पता बताने पर भी नहीं लिखा।''

मौसाजी के बिस्तर से उतरकर मैंने मौसाजी और मौसीजी के पैर छूकर कहा, ''अब मुझे लग रहा है कि अगर मैं आपको परेशान करने के लिए पटना नहीं आया होता तो शायद अच्छा ही होता। आपने मेरी जन्मदात्री का जो पता बताया, वह हमारे बगल के फ्लैट का ही नंबर है।''

दोनों ही चकित होकर एक साथ चिल्ला उठे, ''अरे! यह क्या कह रहे हो बेटा?''

मैंने कहा, ''सिर्फ चार दिन हुए हमने अपने फ्लैट में शिफ्ट किया है। उससे पहले कुछ रोज हम नानीजी के घर पर ही ठहरे हुए थे। अभी तक हमारे

अड़ोस-पड़ोस के लोगों के साथ हमारा परिचय नहीं हो पाया है। इसलिए अभी तक हम अपने बगलवाले फ्लैट के लोगों को भी नहीं पहचानते हैं। अपने फ्लैट में आते-जाते अगल-बगल के फ्लैटों का दरवाजा हमें हमेशा बंद ही देखने को मिलता है। अभी तक चूँकि हमने किसी भी फ्लैट में किसी को जाते हुए नहीं देखा है, लिहाजा परिचय भी नहीं हो पाया।''

मौसाजी ने कहा, ''तुम्हें तुम्हारी जननी का पता दे देने के लिए, मुझे अपने को अपराधी समझने की कोई जिम्मेदारी अब रह नहीं गई। स्वयं नारायण ने ही तुम्हें तुम्हारी जननी के पास तक पहुँचा दिया है।''

थोड़ा रुककर शायद उन्होंने मुझे अपनी आखिरी बात कही, ''जो भी हो बेटा अयन, तुम मेरी संतान से भी उम्र में छोटे हो। तुमसे बस, मेरा एक ही अनुरोध है बेटा, अतीत की घटनाओं को लेकर तुम उतावले मत होना।''

मौसाजी या मौसीजी किसी ने मुझे मेरी जननी का नाम नहीं बताया। मैंने भी उन्हें बताने के लिए दबाव नहीं डाला, क्योंकि मैंने सोचा, जब पता मालूम हो चुका है तो उनका नाम भी मुझे एक-न-एक दिन मालूम हो ही जाएगा।

मुझे पटना में और दो दिन रहना पड़ा। अपने बचपन के दोस्तों में एक आकर्षण अनुभव करने के कारण मैं उनसे भी मिला था। जैसे ही रमेश अंकल को मालूम हुआ कि मैं होटल में ठहरा हुआ हूँ, उन्होंने मुझे काफी फटकारा। अजीत को मेरे साथ भेजकर मेरे सूटकेस वगैरह के साथ वह अपने फ्लैट में मुझे खींच ले आए। दो दिन उन लोगों के साथ आनंद से बीता।

कलकत्ता लौटते समय मैंने अनुभव किया कि माँ और बाबूजी के पास लौटने के आकर्षण से ज्यादा बगल के फ्लैट में अपनी जननी से मिलने का आकर्षण महसूस कर रहा हूँ।

घर लौटते ही माँ और बाबूजी दोनों ने पूछा कि मुझे अपना स्कूल लीविंग सर्टिफिकेट मिला है या नहीं। मैं बिलकुल भूल ही गया था कि मैं उन्हें क्या कहकर पटना गया हुआ था।

उनकी बातें सुनकर मुझे झट से याद आ गया। मैंने कहा, ''जी हाँ, मिल गया है।''

जल्दी से अपनी अटैची लेकर मैं अपने कमरे में चला आया। फिर अपनी

अलमारी के नीचे की टाँड़ के अखबार के नीचे से सर्टिफिकेट निकालकर बाबूजी को दिखा दिया।

खाने-पीने के बाद यह सोचकर मैं छटपटा रहा था कि कब बगल के फ्लैट का डोरबेल मैं बजाऊँगा। माँ और बाबूजी से मैं बातें तो कर रहा था, लेकिन मेरा मन काफी चंचल रहा।

माँ ने एक-आध बार पूछा भी, "क्यों रे अयन, तू इतना छटपटा रहा है क्यों? लगता है किसी वजह से तेरा मन काफी चंचल है। क्या बात है रे?"

जवाब बाबूजी ने दिया, "होने को क्या है? पटना में अपने बचपन के दोस्तों के साथ मिलकर आने के बाद सोच रहा होगा काश, मैं वहीं रह जाता। यही बात है न अयन?"

मैंने मुसकराकर जवाब दिया, "आप तो बिलकुल ठीक समझ गए, बाबूजी।"

शाम छह बजे के बाद मैं अपने को और रोक नहीं सका। मैंने फ्लैट नंबर 102 सी के डोरबेल के पियानो स्विच पर अपनी उँगली रखी।

डॉक्टर चौधरी ने इलाज के लिए तितली को डॉक्टर बसु मल्लिक के हवाले कर दिया है। डॉक्टर चौधरी अब तितली को अपने जैसे एक जनरल फिजीशियन का मरीज नहीं समझते हैं, इसीलिए साइकियाट्रिस्ट डॉक्टर बसु मल्लिक ने साइको-सजेशन के माध्यम से तितली का इलाज शुरू कर दिया है।

डॉक्टर बसु मल्लिक उम्मीद करते हैं कि तितली को अपनी आवाज वापस मिल जाएगी। सामान्यत: वह डॉक्टर चौधरी के नर्सिंग होम में तीन दिन आते हैं। अपने नर्सिंग होम में हर तरह के इलाज की सुविधा के लिए डॉक्टर चौधरी ने यह इंतजाम किया है, लेकिन विशेष परिस्थितियों में आवश्यकतानुसार दिनों की संख्या बढ़ भी जाती है। शायद उन लोगों में कोई अंडरस्टैंडिंग होगी।

वैसे ही विशेष परिस्थिति का मरीज तितली के होने के नाते डॉक्टर बसु मल्लिक ने उसके कई इंटरव्यू ले लिये हैं। उन्होंने विस्तार से मुझे कुछ बताया

तो नहीं, लेकिन भरोसा दिया है कि तितली जिस प्रकार से सहयोग कर रही है, शायद बहुत शीघ्र ही अपनी वाक्शक्ति वापस पा जाएगी।

आज जब डॉक्टर चौधरी ने तितली को साढ़े पाँच बजे डॉक्टर बसु मल्लिक के चेंबर में भेजा, मैं घर चला आया।

पिछले तीन चार दिनों से देख रहा हूँ कि तितली जिस वक्त डॉक्टर बसु मल्लिक के पास से लौटती है, एक हलकी नींद जैसी नशीली हालत में वह रहती है। मुझे नहीं मालूम डॉक्टर बसु मल्लिक उसे कोई सिडेटिव ड्रग या इंजेक्शन देते हैं या नहीं। अपने बिस्तर पर वापस आते ही तितली गाढ़ी नींद में सो जाती है।

आज भी यह सोचकर मैं करीब छह बजे घर चला आया हूँ, क्योंकि डॉक्टर बसु मल्लिक के पास से लौटने के बाद तितली के संग मेरा रहना, न रहना बराबर होता है। मेरी बातें सुनने के लिए वह अपनी आँखें तक खुली नहीं रख सकती है।

फ्लैट में लौटकर गणेश को एक ह्विस्की बनाने का निर्देश देकर बिना जूता उतारे ही मैं बिस्तर पर लेट गया था।

सोच रहा था कि तितली कब फ्लैट में वापस आएगी। उसकी अनुपस्थिति में कुछ घंटे भी फ्लैट में बिताना मेरे लिए असंभव हो जाता है। बात करने के लिए एक आदमी फ्लैट में नहीं है। रात को बिस्तर सूना सा लगता है। जब तक नींद नहीं आती है, ड्राइंग रूम में बैठकर किताबें, मैगजीन पढ़ता रहता हूँ। आजकल क्लब में भी जाने का जी नहीं करता है।

इन्हीं सब बातों को लेटे-लेटे सोच रहा था कि अचानक डोरबेल बज उठी। लेटे-लेटे ही समझ गया कि गणेश दरवाजा खोलने गया है।

मैं सोचने लगा कि इस वक्त कौन मुझसे मिलने आया है। क्या दफ्तर से ही कोई व्यक्ति तितली के बारे में जानकारी लेने आया है? इसी बीच एक दिन दो घंटे के लिए मैं दफ्तर में गया था। बहुतों ने तितली के बारे में पूछा भी था। प्रशांत ने कहा था कि एक दिन आऊँगा, क्या वही तो नहीं आया है?

अचानक बेडरूम के परदे को खिसकाकर गणेश ने कहा, ''साब, एक लड़का आपसे मिलना चाहता है।''

आश्चर्यचकित होकर मैंने कहा, "एक लड़के का मतलब? कितना बड़ा? देख, शायद चंदा-वंदा लेने आया होगा।"

"जी नहीं साब। चंदा माँगने नहीं आया है। आपसे ही मिलना चाहता है। कह रहा है कि बगलवाले फ्लैट में रहता है।"

मैंने कहा—'ठीक है, ड्राइंगरूम में बैठने के लिए कह दे। आ रहा हूँ।"

बिस्तर छोड़कर मैं बाथरूम में चला गया। हाथ-मुँह धोकर, बालों में कंघी करके थोड़ा सा फ्रेश होकर ड्राइंगरूम में आते ही देखा कि करीब सोलह-सत्रह साल का खूबसूरत चेहरे का एक किशोर बैठा हुआ है।

मुझे देखते ही खड़े होकर 'गुड ईवनिंग अंकल' कहकर उसने मुझे विश किया।

'ईवनिंग' कहकर मैं उसकी तरफ बढ़ आया। लड़के से मिलकर खुशी हुई। हैंडसम चेहरा, अच्छा स्वास्थ्य भी है और अच्छे खानदान का लगता है। बहुत ही अच्छे शिष्टाचार में पला-बड़ा सज्जन लड़का मालूम हुआ।

सोफे पर बैठकर मैंने उससे कहा, "बैठो भाई, तुम खड़े क्यों रह गए? उसने मुसकराकर बहुत शर्माते हुए कहा, "आपने तो अंकल मेरा परिचय नहीं पूछा?"

मैंने भी मुसकराकर कहा, "गणेश से सुना कि तुम बगलवाले फ्लैट में रहते हो। किस फ्लैट में—बी या डी?"

"हम डी में रहते हैं। मेरा नाम अयन बैनर्जी और मेरे पिताजी— "

"मिस्टर शुभ्रांशु बैनर्जी इंकम टैक्स कमिश्नर हैं न! छह सात दिन हुए तुम सब आए हुए हो। यही न?"

चौंककर उसने कहा, "अंकल, आप बाबूजी को जानते है?"

उसे चौंकते हुए देखकर मुझे बड़ा मजा आया। मैंने कहा, "काफी दिन पहले तुम्हारे पिताजी के साथ मेरा परिचय हो चुका है। जब तुम्हारा फ्लैट बंद रहता था, वह बीच-बीच में आते रहते थे। उसी वक्त एक बार परिचय हो चुका था।"

"मुझे नहीं मालूम था कि आप बाबूजी को जानते हैं। मैंने सोचा कि हम लोग नए हैं, पड़ोसियों से परिचय करना हमारा फर्ज है। इसीलिए मैं आपसे

मिलने आया था। इसके अलावा एक दूसरा भी उद्देश्य रहा। लेकिन अंकल, मैं आपका समय तो नष्ट नहीं कर रहा हूँ न?''

मैंने कहा, ''नहीं जी, ठीक है, तुम बैठो। तुमसे बातें करने में मुझे आनंद मिल रहा है। फ्लैट में सिवाय कंबाइंड हैंड गणेश के और कोई न होने की वजह से मुझे तो चुप ही रहना पड़ता है। जाने दो यह सब बातें, तुमने कहा न कि तुम्हारा क्या एक उद्देश्य है?''

मैंने गौर किया कि फ्लैट में और किसी के न होने की खबर से उसका चेहरा कुछ फीका पड़ गया। उसने पूछा, ''कोई नहीं है का मतलब? क्या आंटीजी कहीं गई हैं?''

अयन से बातें करने का मौका पाकर मैं भी काफी रिलैक्सड फील कर रहा था। कहा, ''नहीं जी, तुम्हारी आंटीजी कहीं गई नहीं हैं। इनफैक्ट, शी इज इल। एट प्रेजेंट शी इज अंडरगोइंग सम ट्रिटमेंट इन ए नर्सिंग होम।''

अयन दोबारा चौंक उठा। उसको चौंकते हुए देखकर मुझे काफी आश्चर्य हुआ। लेकिन मुझे और कितना आश्चर्य होना होगा, उस वक्त मुझे मालूम नहीं था।

अयन ने पूछा, ''आंटीजी को क्या हो गया है? अंकल, क्या मैं आपको किसी तरह की मदद कर सकता हूँ? एनी काइंड ऑफ हेल्प?''

मुसकराकर मैंने कहा, ''थैंक यू माई ब्वॉय। थैंक यू फॉर योर कनसिडरेटनेस। मदद की जरूरत नहीं है बेटा। ऑल ऑफ ए सडन, शी हैज लॉस्ट हर वायस।''

मानसिक तनाव से मैं करीब-करीब टूट चुका था। लेकिन अयन के साथ बातें करते हुए मैं समझ गया कि मैंने अपना धैर्य या सहनशीलता नहीं खोई है। अचानक तितली की आवाज बंद हो जाने से चिंतित तो जरूर हो उठा, लेकिन समझ गया चकनाचूर नहीं हुआ हूँ। अयन जैसे एक किशोर के मदद के लिए आगे आने से और उसकी सहानुभूति से मेरा मनोबल और भी ऊँचा उठ गया।

गणेश से फार्मेलिटिज की बातें करने की जरूरत नहीं पड़ती है। मेरे लिए ह्विस्की और अयन के लिए कुछ नमकीन, मीठा और चाय लाकर वह सेंटर टेबल पर रख गया।

मैंने अयन से कहा, "अयन, चाय पी लो। फिर कहो, तुम अपने उद्देश्य के बारे में क्या कह रहे थे?"

कप हाथ में उठाते हुए अयन ने कहा, "मिंती मौसी आंटीजी के बारे में पूछ रही थी।"

अयन के मुँह से 'मिंती मौसी' सुनकर मैं बुरी तरह चौंक उठा। असावधान रहने के कारण मेरे हाथ के गिलास से थोड़ी सी ह्विस्की छलककर फर्श पर गिर गई। तितली ने कहा था मिंतीदी बचाओ और आज फिर अयन ने कहा 'मिंती मौसी आंटीजी के बारे में पूछ रही थी।'

मैंने अनजाने में ही मन-ही-मन इन दोनों में एक घनिष्ठ संबंध के बारे में सोच लिया।

हो सकता है 'मिंतीदी' और 'मिंती' दो अलग-अलग व्यक्ति हों, लेकिन मेरे अचेतन में दोनों एक ही हो गईं।

अपने को सँभालकर मैंने कहा, "सॉरी माई बॉय। लेकिन क्या तुम्हारी मिंती मौसी मेरी पत्नी को जानती है? वह कहाँ रहती है?"

चाय पीते हुए अयन ने कहा, "क्या आप उन्हें नहीं जानते हैं? मिंती मौसी और प्रकाश मौसा। पटना में रहते हैं। आंटी का नाम तो····।" अयन चुप हो गया।

अपना धीरज खोकर मैं कह उठा, "हाँ, हाँ, तुम्हारी आंटीजी का नाम है तितली सेन। शादी से पहले नाम था तितली दासगुप्ता। लेकिन तुम्हें कैसे मालूम हुआ?"

अयन ने कहा, "हाल ही में मैं पटना में मौसीजी के पास गया था। यूँ ही बातों-बातों में मैंने उनसे कहा कि बाबूजी का तबादला कलकत्ते हो गया है। हमारा नया पता तुम लिख लो। डायरी में हमारा पता नोट करते समय ही मौसाजी ने कहा, "कितने आश्चर्य की बात है— बेटा अयन, तुम्हारे बगलवाला फ्लैट ही तो तितली का है, लेकिन अभी तक तू उससे मिला ही नहीं?"

मैं चुपचाप अयन की बातें सुनता जा रहा था। मुझे लग रहा था कि तितली की नींद में कही हुई बातों की उलझन अब सुलझ जाएगी। डॉक्टर चौधरी या डॉक्टर बसु मल्लिक को अगर यह खबर दे दी जाए तो शायद वे तितली के

इलाज के लिए कोई रास्ता ढूँढ़ निकालें।

अयन कहता जा रहा था, ''मैंने मौसाजी से कहा था कि बगल के फ्लैट में मिस्टर एस.सेन लिखी नेम प्लेट मैंने देखी है। लेकिन मुझे क्या मालूम वे ही अंकल हैं? आंटी भी वहीं हैं, मैं कैसे जानूँ! बाबूजी की डायरी में उनका पता भी नहीं लिखा है। मौसीजी से मैंने कहा था, ठीक है। कलकत्ते लौटते ही मैं उनसे मिलूँगा। इसी उद्‌देश्य को लेकर आज मैं आपसे मिलने आया था।''

अयन चाय पी चुका था। मैं इतना अधिक उत्तेजित हो गया था कि मैंने अपना गिलास मेज पर रख दिया।

अयन की बातें सुनते-सुनते मेरे दिमाग में एक बात आ गई। मैंने सोचा कि यदि अयन से मेरे बदले में डॉक्टर चौधरी या डॉक्टर बसु मल्लिक से पूछताछ करवाई जाए, हो सकता है, तितली को ज्यादा फायदा हो।

अयन की बातें सुनकर कैज्युअली एक सिगरेट दागते हुए मैंने उससे कहा,''मैं इस वक्त तुम्हारी आंटीजी के पास ही जा रहा हूँ। उनसे तुम्हारी मिंती मौसी के बारे में बताऊँगा।''

वास्तव में, आज रात को नर्सिंग होम में जाने की मेरी इच्छा नहीं थी। इस वक्त तितली नींद के प्रभाव में ही रहेगी। केबिन में एक नर्स रहती है, लिहाजा मेरे रहने की कोई जरूरत नहीं है।

मैं अयन से जो सुनना चाहता था, उसने वही कहा। उसने कहा, ''अंकल, अगर आपको दिक्कत न हो तो मैं भी आपके साथ नर्सिंग होम चल सकता हूँ। लेकिन सिर्फ दो मिनट के लिए, मैं आप से इजाजत लूँगा। माँ से कह आता हूँ।'' मैंने कहा, ''ठीक है, तुम उनसे कह आओ। घंटे भर के अंदर ही हम वापस आ जाएँगे।''

अयन अपने फ्लैट में चला गया।

मैंने जल्दी से नर्सिंग होम में फोन मिलाकर डॉक्टर चौधरी से कहा, ''डॉक्टर चौधरी, आप काइंडली डॉक्टर बसु मल्लिक को रोके रखिए। मैं किसी को अपने साथ लेकर नर्सिंग होम में तुरंत आ रहा हूँ, हो सकता है तितली के इलाज के लिए उससे बातें करके उन्हें कोई रास्ता नजर आ जाए।''

एक घूँट में मैंने ह्विस्की का गिलास खाली कर दिया। इस वक्त मेरे नर्वस

स्टेडी रखने की जरूरत है।

अयन के लौटते ही मैंने गैराज से गाड़ी निकालकर फिर से नर्सिंग होम की ओर ड्राइव करना शुरू किया।

डॉक्टर चौधरी अपने चेंबर में नहीं थे। बेयरा निताई ने कहा कि वह तितली के केबिन में ही गए हुए हैं।

अयन को साथ लेकर मैं तितली के केबिन की ओर बढ़ा। वह मेरे पीछे-पीछे आ रहा था।

दरवाजे के पास से ही मैंने देखा कि तितली अपने बिस्तर पर लेटी हुई है, लेकिन आज वह बेहोशी या नींद के नशे में नहीं है। उसके बिस्तर के पास उसकी ओर मुँह किए डॉक्टर चौधरी और डॉक्टर बसु मल्लिक आपस में कुछ बातें कर रहे हैं।

मुझसे तितली की निगाह मिलते ही वह मुसकराई।

मेरे पीछे अयन से निगाह मिलते ही तितली एक बार मेरी ओर ताककर अयन की ओर एकटक देखने लगी। अचानक उसके ओंठ थरथरा उठे। आँखों में एक चमक भी देखने को मिली। बिस्तर से नीचे उतरने की कोशिश करते हुए, तितली बड़ी जोरों से चीख उठी—"व···व···वह कौन है?"

डॉक्टर चौधरी या डॉक्टर बसु मल्लिक ने अब तक मुझे देखा नहीं था। अचानक तितली की चीख सुनकर हक्के-बक्के से दोनों आदमी पीछे मुड़कर अयन को और मुझे देखकर चकित हो गए।

दोनों ने एक ही साथ तितली की ओर देखा। तितली बिस्तर से नीचे उतर नहीं सकी थी। चीखने के बाद तितली बिस्तर पर बेहोश होकर गिर पड़ी है।

डॉक्टर बसु मल्लिक की आँखों में मैंने खुशी की झलक देखी। उन्होंने डॉक्टर चौधरी से मुसकराकर कहा, "डोंट वरी। नाऊ शी विल रिक्यूप सून। आई हैव गाट दी रेमेडी।"

डॉक्टर चौधरी को तितली को होश में लाने की कोशिश करने की सलाह देकर डॉक्टर बसु मल्लिक अयन के पास आ गए।

उन्होंने अयन से कहा, "कम ऑन माई चाइल्ड। लेट हर कम टू हर सेंसेस। चलो, तब तक हम बगल के कमरे में बैठकर थोड़ी सी बातें करें।"

हक्के-बक्के अयन का हाथ पकड़कर डॉक्टर बसु मल्लिक केबिन से बाहर चले गए।

अचानक ऐसी परिस्थिति में फँस जाने से थोड़ी देर के लिए मैं समझ नहीं पाया कि मुझे करना क्या चाहिए?

डॉक्टर चौधरी नर्स के कुछ कहने के बाद तितली के बेड के पास पहुँचकर उसकी नाड़ी देखने के लिए उसका बायाँ हाथ उठा लिया। काफी गौर से उसकी नाड़ी की धड़कन महसूस करते हुए उन्होंने घड़ी की ओर निगाह डाली।

डॉक्टर चौधरी ने जैसे ही तितली का हाथ नीचे उतारकर रखा, नर्स ने एक ट्रे पर कुछ दवाएँ, सिरिंज वगैरह लाकर बेड के पास मेज पर रख दीं। फिर उसने गीले तौलिए से तितली की आँखें और चेहरा धीरे-धीरे पोंछ दिया।

डॉक्टर चौधरी ने सिरिंज में दवा भरकर तितली को एक सुई लगा दी।

थोड़ा सा समय बीता। धीरे-धीरे तितली के ओंठ फिर से काँपने लगे।

शायद डॉक्टर चौधरी ने भी गौर किया था, क्योंकि मैंने देखा वह तितली के ओंठ के पास अपना कान ले गए।

मैं भी तितली की ओर थोड़ा बढ़ गया।

उसकी आँखें बंद हैं, लेकिन वह बुदबुदा रही है, ''वह कौन आया है? कौन है?'' रुक रुककर वह कह रही है, ''बिलकुल सनि जैसी शकल-सूरत। सुमन··· मेरे सुमन ने उसे कहाँ पाया?''

तितली की बातें बंद हो गईं।

नर्स तितली को होश में लाने की कोशिश कर रही थी।

थोड़ी देर बाद तितली की आँखें खुल गईं। बड़ी-बड़ी उदास आँखों से उसने एक बार डॉक्टर चौधरी को और एक बार मुझे देखा। फिर उसने आँखें बंद कर लीं।

थोड़ी देर बाद उसने आँखें खोलकर मेरी ओर अपना दाहिना हाथ बढ़ा दिया।

तितली को होश में आते देखकर ही डॉक्टर चौधरी केबिन से निकल गए। शायद डॉक्टर बसु मल्लिक को सूचित करने गए।

जैसे ही मैंने तितली का हाथ थामा, वह रो पड़ी।

"तितली, मत रोओ। इस कमजोरी में अगर तुम्हारे ऊपर और भी स्ट्रेन पड़ जाए, तो तुम्हारी तकलीफ बढ़ जाएगी। अरे, तुमने तो बातें की हैं, "थोड़ी देर पहले ही तुमने बातें कीं। फालतू में क्यों तुम परेशान हो रही हो।" मैंने तितली को सांत्वना देनी चाही।"

नर्स भी केबिन से चली गई।

रोना बंद करके तितली ने मुझसे कुछ कहना चाहा। उसके ओंठ नाचने लगे। बहुत धीरे-धीरे तितली ने पूछा, "लड़का कौन है?"

मानो कुछ भी घटित नहीं हुआ, इस प्रकार का बहाना बनाते हुए तितली के सिर पर हलके से हाथ फेरते हुए मैंने कहा, "तुमने पहले उसे कभी नहीं देखा है। छह-सात दिन पहले हमारे बगल वाले फ्लैट में वे आए हैं। अरे वही फ्लैट—जो करीब साल भर से बंद रहता है। बीच-बीच में एक सज्जन आते रहे, कुछ दिन के लिए किराएदार भी रखे थे। उन्हीं का बेटा है। आज ही मेरे साथ परिचय हुआ। बहुत अच्छा लड़का है। जानती हो, स्वेच्छा से वह तुमसे मिलने आ गया।"

तितली स्तब्ध होकर सुन रही थी, मानों मेरी बातें पचा रही थी। उसके चेहरे पर एक अजीब सी चमक मैंने देखी। मैं समझ गया कि उसके मन में कोई हरकत हो रही है। मेरे रुकते ही तितली ने पूछा, "वह कहाँ गया?"

सिर्फ तीन-तीन शब्द तितली उच्चारण कर रही है, लेकिन मैं इतने में ही खुश हूँ।

मैं अयन का एहसानमंद हूँ। उसके आने की वजह से ही आज सात दिन बाद अचानक तितली की बंद जुबान खुल गई। डॉक्टर बसु मल्लिक को यह खबर देने के लिए मैं छटपटा रहा था।

तितली से मैंने नहीं कहा कि डॉक्टर बसु मल्लिक उसे बुला ले गए हैं। बल्कि मैंने कहा, "बाहर ही खड़ा होगा। उसे देखकर अचानक तुम बेहोश हो गईं। शायद इसीलिए वह घबरा गया होगा। बुला लाऊँ?"

सिर हिलाकर तितली ने अयन को बुला लाने के लिए कहा।

केबिन से बाहर आते ही मैंने देखा कि डॉक्टर चौधरी और डॉक्टर बसु मल्लिक अयन को लेकर तितली के केबिन की ओर ही आ रहे हैं।

समझ गया कि तितली के बारे में डॉक्टर बसु मल्लिक को बताने के लिए डॉक्टर चौधरी उनके पास गए हुए थे। शायद वह अयन के साथ भी बातें करना चाहते थे।

डॉक्टर बसु मल्लिक ने मुझसे कहा, ''मिस्टर सेन, आपके सहयोग की वजह से ही मिसेज सेन को इतनी जल्दी उनकी वाक्शक्ति वापस मिल गई। इट्स ए मिरैकिल। सात-आठ दिनों के अंदर ही उनकी बंद जुबान खुल गई। लेकिन अगर आप अयन को अपने साथ नहीं तो लाए होते, तो शायद उनकी आवाज वापस मिलने में और देर होती। बाई द वे, क्या आपको अयन का परिचय मालूम है?''

डॉक्टर के इस सवाल पर अयन को मैंने सिकुड़ते हुए देखा। आँखें उठाकर वह मेरी ओर ताक तक नहीं सका। उसने अपना सिर झुका लिया।

आश्चर्यचकित होकर मैंने कहा, ''जी हाँ, मुझे मालूम है। ही इज माई नेक्सट डोर नेबर। वह इंकम टैक्स कमिश्नर मिस्टर शुभ्रांशु बैनर्जी का बेटा है।''

डॉक्टर बसु मल्लिक ने कहा, ''पूअर चैप।'' क्यों कहा?

लेकिन भ्रम मिटने में देर नहीं लगी। उन्होंने मुझे नहीं कहा है। अयन की पीठ पर हाथ रखकर उन्होंने दोबारा कहा, ''पूअर चैप।''

उन्होंने मुझसे कहा, ''आई विल लेट यू नो एवरिथिंग इन टाइम। यू आट् टू नो इट।''

मैं डॉक्टर बसु मल्लिक की बातें समझ नहीं पाया। मुझे क्या जानना चाहिए।

अचानक उन्होंने मुझसे कहा, ''क्या मिसेज सेन ने और कुछ कहा है?''

''जी हाँ'' अयन की ओर इशारा करते हुए मैंने कहा, ''उसे बुला ले आने के लिए कहा है।''

डॉक्टर चौधरी और डॉक्टर बसु मल्लिक ने एक-दूसरे को देखा। ऐसा लगा कि उन्होंने आँखों-आँखों में ही कोई बात कर ली हो।

डॉक्टर बसु मल्लिक ने कहा, ''मिस्टर सेन, प्लीज डू नॉट माइंड। इस वक्त आप मिसेज सेन के केबिन में न जाएँ। हम अयन को लिवा ले जा रहे हैं। मिसेज सेन के इलाज के कारण ही मैं आप से इस वक्त अंदर न जाने के

लिए रिक्वेस्ट कर रहा हूँ। मुझे उम्मीद है कि आप बात को समझेंगे।''

डॉक्टर चौधरी ने कहा, ''काइंडली आप मेरे चेंबर में जाकर इंतजार करें। थोड़ी ही देर में हम आपको बुला लेंगे। प्लीज, आप थोड़ा सब्र रखें—सारी बातें आप से हम कह देंगे।''

दोनों डॉक्टरों की एक जैसी रहस्य से भरी बातें सुनकर मैं काफी आश्चर्यचकित हो गया। बात क्या है? ये मुझसे क्या कहना चाहते हैं?

थोड़ा सा मुसकराकर मैंने कहा, ''ऑलराइट। आई विल वेट पेसेंटली इन योर ऑफिस।''

तितली के केबिन के दरवाजे के सामने से मैं डॉक्टर चौधरी के चेंबर में चला आया।

एक सिगरेट जलाकर मैं इस समय डॉक्टर चौधरी के चेंबर में बैठे-बैठे इंतजार कर रहा हूँ। दोनों ने अयन से क्या पूछा? तितली से वे दोनों अयन के सामने क्या बातें करेंगे?

घर पर ठहरने का मौका मुझे मिलता कहाँ है? निरंतर किसी-न-किसी शहर में अपनी नौकरी के सिलसिले में दौड़ते रहते हैं। लेकिन घर पर रहने से भी शांति कहाँ है? कभी दफ्तर की समस्याएँ, कभी अयन की तो कभी मणिमाला की समस्याएँ हमेशा उलझाए रखती हैं।

जो भी हो आज रात को इस वक्त कोई भी समस्या मेरे सामने नहीं है और ह्विस्की का गिलास एक हाथ में और दूसरे हाथ से एक अंग्रेजी उपन्यास पकड़कर बड़ी शांति से समय गुजारने में मैं लगा हुआ हूँ।

अब तक तो मणिमाला सोफे पर बैठकर एक पत्रिका पढ़ रही थी, लेकिन उनमें एक अस्थिरता अब देखने को मिली। मुझसे रहा नहीं गया। मैंने मणिमाला से पूछा, ''क्या बात है। तब से देख रहा हूँ, कभी किताब पढ़ रही हो, कभी कुछ सोच रही हो, कभी कमरे में टहल रही हो—बात क्या है भाई? यह अस्थिरता क्यों?''

"भगवान् करे आपकी बातें सही हों। मेरा सोचना ही गलत हो—मैं तहे दिल से यही चाहूँगी। देखिए, रात तो काफी हो चुकी है—अयन अभी तक वापस क्यों नहीं आया?"

मैंने कहा, "आता ही होगा। रास्ते में जाम में फँस गया होगा। मिस्टर सेन के साथ गया है—फिकर मत करो।"

करीब सात दिन पहले जब मिस्टर सेन रात के वक्त अपनी अचेत पत्नी को लेकर नर्सिंग होम में हाजिर हुए थे, मैं अंदाज नहीं कर पाया था कि मिसेज सेन की बीमारी की जड़ कहाँ तक पहुँच गई थी। एक चिकित्सक की हैसियत से मिसेज सेन को होश में लाने के लिए जो कुछ मुझे करना चाहिए था, मैंने कोई कसर बाकी नहीं रखी थी।

लेकिन दूसरे दिन सबेरे जब मिस्टर सेन ने उनकी पत्नी की बेहोशी की हालत में बड़बड़ाने की बातें की थीं, मैंने अपने चिकित्सा शास्त्र के ज्ञान और सिक्सथ सेंस के माध्यम से महसूस किया था कि सिर्फ कोई मामूली शारीरिक तकलीफ की वजह से मिसेज सेन नाटक देखते समय अपना होश नहीं खो बैठी थीं।

मिस्टर सेन ने कहा कि वे हालाँकि बच्चा चाहते थे, फिर भी उन्हें कोई बच्चा पैदा नहीं हुआ है। उन्होंने कहा कि वह अपने को किसी स्पेशलिस्ट से जाँच करवाकर पता लगा चुके हैं कि उनमें कोई कमी नहीं है। लेकिन अपनी मिसेज को कभी किसी गाइनोकोलॉजिस्ट के पास जाँच करवाने के लिए वह ले नहीं जा सके। वह जाँच करवाना ही नहीं चाहती हैं।

मैंने नर्सिंग होम के गाइनोकोलॉजिस्ट से मिसेज सेन की जाँच करवाई। डॉ. मिसेज राय ने शिकायत की है कि मिसेज सेन से उन्हें एक ऐसा बरताव मिला, जो उन्होंने अपने पेशे में कभी भी अनुभव नहीं किया है।

डॉ. राय से मिसेज सेन की बातें सुनकर मैं ताज्जुब में पड़ गया। उनका कहना है कि मिसेज सेन एक बार संतान के जन्म देने का सौभाग्य प्राप्त कर

चुकी हैं। जब मैंने डॉ. राय से पूछा कितने वर्ष पहले वह माँ बन चुकी हैं तो डॉ. राय ने कहा कि सही समय बताना तो संभव नहीं है, लेकिन उनका अनुमान है कि मिसेज सेन दस-बारह साल पहले माँ बन चुकी हैं।

उन्होंने आगे कुछ टेकनिकल शब्दों का इस्तेमाल करके कहा था कि जाँच से उन्हें मालूम हुआ है कि पिछली बार प्रसव के समय ही किसी प्रकार की लापरवाही या गलत इलाज से मिसेज सेन अपनी प्रजनन शक्ति खो बैठी हैं।

थोड़ी देर चुप रहने के बाद मैंने डॉ.मिसेज राय से कहा था, ''मिस्टर सेन ने कहा चौदह साल हुए उनकी शादी हुई है। उनका कहना है कि उनको आज तक बच्चा पैदा नहीं हुआ है। क्या मिसेज सेन ने कोई इल्लेजिटमेट चाइल्ड कैरी की थी?''

मेरा सवाल सुनकर डॉ. मिसेज राय कुछ देर तक मुझे देखती रहीं। फिर उन्होंने कहा, ''मोस्ट प्रबैबली इट इज सो। जब मैंने उनसे पूछा, ''कितने साल पहले आप की संतान हुई थी? अगर उस वक्त आप इलाज करवातीं तो अब तक आप और कई बच्चों की माँ बन सकती थी।'' उसने नर्स से हाथ छुड़वाकर बिस्तर से उछलकर मेरे हाथों को मरोड़ते हुए उत्तेजित ढंग से बहुत कुछ कहना चाहा।

''अभी भी मुझे याद है डॉ. चौधरी, उस वक्त उनका चेहरा क्रोध से तमतमा रहा था। यह संभव हो सकता है मिस्टर सेन उस बच्चे के लिए जिम्मेदार न हों। शायद इसीलिए मिसेज सेन उत्तेजित होकर पागल जैसा बर्ताव कर रही थीं। लगता है, उन्होंने यह सोचा था कि यदि मिस्टर सेन को यह बात मालूम हो जाए तो इसका परिणाम बहुत बुरा हो सकता है।''

मिसेज सेन के इस 'सडन डिप्रेशन' के कारण का अनुमान हमने लगा लिया था। डॉ. बसु मल्लिक के साथ मिसेज सेन के बारे में चर्चा करने के बाद मैं और निश्चित हो गया कि वह एक साइकोलॉजिकल ट्रॅमा की पेशेंट है। उनकी कन्यकावस्था का कलंक ही उनकी हिडेन कनफिलक्ट का कारण है।

कल डॉ. बसु मल्लिक के साथ मिसेज सेन के इलाज के संबंध में विस्तार से मैंने चर्चा की है। उन्होंने मिसेज सेन के कई इंटरव्यू लिये हैं। आश्चर्य की

बात तो यह है कि पिछले सात दिनों में मिसेज सेन जाग्रत् दशा में एक भी बात नहीं कर सकी हैं, जब कि डॉ. बसु मल्लिक ने उनसे एक के बाद एक प्रश्न पूछकर सारी बातें पता कर ली हैं। उन्होंने अपनी लिखित रिपोर्ट भी मुझे दे दी है। रिपोर्ट में भी उन्होंने यही कारण दरशाया है।

मिसेज सेन से जानकारी हासिल करने के लिए डॉ. बसु मल्लिक ने स्पेशल टेकनीक की मदद से, कभी हिप्नोटाइज कर सजेशन हिपनोसिस के माध्यम से, तो कभी इनट्रावेनस स्लीप इनडिडसिंग दवाओं की मदद से आधी नींद, आधी जगी हालत में उनका इंटरव्यू लिया है।

उनका कहना है कि इमोशनली डिस्टर्ब्ड होने की वजह से मिसेज सेन की बीती हुई जिंदगी ने उनकी वर्तमान जिंदगी को बेहद प्रभावित कर दिया है। इसी के परिणाम में उनका यह सडन अटैक ऑफ अनकनससनेस और लॉस ऑफ वॉयस हुआ है।

डॉ. बसु मल्लिक ने विस्तृत रूप से मिसेज सेन के बारे में लिखा है, ''मानव मस्तिष्क से जटिल एवं अद्‌भुत कोई दूसरी वस्तु इस दुनिया में नहीं है। समय के साथ-साथ हमारे जीवन की बहुत सी घटनाएँ हमारे अचेतन में या मस्तिष्क के गहरे-से-गहरे कौने में सुप्त रहती हैं। बहुत दिनों के बाद अगर एक ही परिस्थिति का उद्‌भव हो जाता है तो अचेतन से वही पुरानी बातें चेतन में आकर हमें उद्‌भ्रांत कर देती हैं। उस वक्त इमोशनल आउटवर्स्ट हमारे नियंत्रण से बाहर चला जाता है।''

मिसेज सेन के जीवन में भी ठीक ऐसी ही बातें हो चुकी हैं। कई बार मिसेज सेन के इंटरव्यू लेने के बाद जो तथ्य हमारे सामने आए, मिसेज सेन की अस्थिरता को बढ़ाकर उन्हें बेकाबू कर देने के लिए वे काफी हैं।

'एक और कर्ण' नाटक देखते समय अचानक मिसेज सेन ने क्रूसा के चरित्र में अपनी जिंदगी की ही तसवीर देखी। क्रूसा जैसी ही मिसेज सेन अपने को असहाय और किस्मत की मारी समझने लगी।

जिस तरह से अपोलो क्रूसा के साथ प्यार का नाटक रचकर, उसकी कन्यकावस्था में ही उसकी कोख में एक संतान छोड़कर अलिंपस में भाग गए

थे, मिसेज सेन की जिंदगी में भी हूबहू एक वैसी घटना घटी थी।

विश्वविद्यालय में पढ़ते समय मिसेज सेन, छात्रावस्था में जिनका नाम कुमारी तितली दासगुप्ता रहा, सुनील सान्याल उर्फ सनि के प्यार में अपने को खो बैठी थी। बड़े दिन की छुट्टी में अपने साथी और सहेलियों के साथ पिकनिक में जाकर अपने को वह खो बैठी थी। उन्हें आदम जैसा निषिद्ध फल खिलाने के बाद सनि ने भरोसा दिया था कि बी.ए. परीक्षा के बाद उनसे शादी रचाकर सनि उन्हें पत्नी की मर्यादा प्रदान करेगा।

लेकिन तितली क्रूसा जैसी ही बदनसीब है। अपोलो क्रूसा को संतान उपहार देकर अलिंपस में भाग गए थे और तितली की कोख में संतान छोड़कर सनि सागर पार करके किसी दूसरे देश में भाग गया था।

क्रूसा अपोलो की तलाश करती रही, लेकिन उसे पा नहीं सकी। तितली भी सनि को ढूँढ़ती रही, लेकिन उसे वह पा नहीं सकी। बदले में तितली को सनि के माँ-बाप से अमानविक व्यवहार और न कहे जानेवाली गंदी गालियाँ मिली थीं।

रईस बाप की इकलौती मातृहीन खूबसूरत तितली तथाकथित 'मॉडर्न गर्ल' ने अपने को बचाने की हर कोशिश की, लेकिन बचा नहीं सकी, क्योंकि कोख में पले संतान से छुटकारा पाने की समय-सीमा बीत चुकने के कारण कोई भी चिकित्सक उसे मुक्ति दिलाने के लिए राजी नहीं हुआ।

अपने पिता के सामाजिक सम्मान और उनकी मर्यादा बचाने के लिए और अपने कलंक को छिपाने की इच्छा के कारण दूसरा कोई और तरीका उन्हें दिखाई नहीं पड़ा था। झूठा बहाना बनाकर वह पटना में अपनी फुफेरी बहन के पास जाकर रो पड़ी थी—"मिंतीदी, मुझे बचा लो।"

तितली की दीदी काफी होशियार औरत थी। अपने पति के साथ सलाह-मशविरा करने के बाद उन्होंने तितली के पिताजी को लिखा कि अपनी अत्यधिक अस्वस्थता के चलते वह गृहस्थी के सारे काम ठीक ढंग से निबटा नहीं पा रही है। ऐन वक्त पर तितली के पटना आ जाने से उन्हें एक सहारा मिल गया। चूँकि तितली की बी.ए. परीक्षा के परिणाम निकलने में और एम.ए. में

भरती होने के लिए समय बहुत है, लिहाजा वह तब तक तितली को अपने पास रख लेना चाहती है।

तितली के पिताजी ने कोई आपत्ति नहीं की थी। तितली के इस कलंक के बारे में उन्हें भनक तक नहीं लगी थी, क्योंकि लखनऊ छोड़ने से पहले वह करीब चार महीने से प्रेगनेंट थी। कोई भी पिता अपनी कुँवारी बेटी के गर्भ ठहरने की बात की कल्पना तक नहीं कर सकता है, लिहाजा वह भी शक नहीं कर सके थे।

उचित समय से पहले ही एक पुत्र को जन्म देकर तितली अपने बोझ से राहत पाई थी। जिस तरह से क्रूसा ने अपने बेटे को जन्ममुहूर्त में ही दासी के हाथ में सौंप दिया था, इस इरादे के साथ कि वह उस बच्चे को एथेंस की पहाड़ी गुफा में उसे छोड़ आए, तितली ने भी उसी प्रकार से अपने बेटे को सौंप दिया था अपने प्रकाश जीजा और मिंतीदी के हाथों में।

उन्होंने अपने पूर्व परिचित किसी निःसंतान दंपती को तितली के बच्चे को दान कर दिया था। लेकिन मिसेज सेन ने कहा कि उस निःसंतान दंपती ने कोर्ट स्टैंप पेपर पर तितली से लिखवा लिया था कि उस बच्चे पर भविष्य में तितली का कोई अधिकार नहीं रहेगा।

'एक और कर्ण' नाटक देखते समय यही सारी घटनाएँ एक के बाद एक मिसेज सेन के अवचेतन से चेतन में उभर आईं। इसी वजह से वह अपने को क्रूसा के स्थान पर सोचकर बेहद विचलित हो उठी थी।

जब नाटक के अंतिम दृश्य में क्रूसा अपने छोड़े हुए पुत्र को देखकर उत्तेजित और विचलित हो उठती है एवं उसका परिचय पाने के बाद उसे बड़े स्नेह से अपनी छाती से लगाकर प्यार करने लगती है, मिसेज सेन भी आयन को अपना छोड़ा हुआ बेटा समझकर अपनी छाती से लगाकर कुछ शांति पाने की उम्मीद से मंच की ओर बढ़ गई थी। शायद रास्ते में किसी वस्तु से ठोकर खाने के कारण वह गिर गई थी और फिर बेहोश हो गई थी।

उस बच्चे के बारे में मिसेज सेन की गहरी चिंता और इन चौदह साल तक अपने पति से यह बात छिपाए रखने की मानसिक पीड़ा ने ही उनकी

मानसिक दृढ़ता एवं वाक्‌शक्ति को अस्थाई रूप से नष्ट कर दिया है।

इस समय भी मिसेज सेन एक मानसिक द्वंद्व में फँसी हुई है। वह निश्चय नहीं कर पा रही है कि उस बेटे के बारे में अपने पति से कहें या नहीं। यद्यपि वह विश्वास करती है कि उनके पति मिस्टर सेन काफी उदार विचार के हैं और 'ए स्पोर्ट्‌समैन इन ट्रू सेंस।''

मिसेज सेन की अस्वस्थता के कारण का विश्लेषण करने के बाद डॉ. बसु मल्लिक ने उनके इलाज के लिए कुछ एंटी एक्साइटी और एंटी डिप्रेसिव ड्रग्स सजेस्ट किया है। वह समझते हैं कि मिसेज सेन का केस एक अजीब सा साइकोलॉजिकल केस है। अपनी रिपोर्ट में उन्होंने लिखा है कि मिसेज सेन की आवाज वापस लाने के लिए वह अभी भी अपना प्रयास जारी रखे हैं।

इस बारे में भी उनकी राय है कि यदि 'एक और कर्ण' नाटक का दोबारा मंचन मिसेज सेन के सामने प्रदर्शित किया जाए या उस नाटक का पूरा टेप अगर उन्हें सुनवाया जाए, तो शायद उनकी बंद आवाज फिर से खुल सकती है।

इसके बावजूद डॉ. बसु मल्लिक ने अपनी रिपोर्ट में एक और असंभव सुझाव दिया है। उन्होंने लिखा है, ''कई बार देखा गया है कि ऐसी घटनाएँ जब घट जाती हैं, उस भँवर में फँसे मरीज को स्वाभाविक बनाने के लिए उस घटना के मूल कारण को उनके सामने हाजिर कर दिए जाने पर वह बहुत जल्दी स्वस्थ हो जाता है। अगर मिसेज सेन के पास उस परिव्यक्त बच्चे को हाजिर कर दिया जाए तो बहुत संभव है कि उन्हें तुरंत उनकी आवाज वापस मिल जाएगी।''

''एवसर्ड।'' कहकर मैंने डॉ. बसु मल्लिक की रिपोर्ट को मेरी दराज में रख दिया था।

जिस बच्चे का नाम, परिचय, पता वगैरा ही मालूम नहीं है—उस बच्चे को मिसेज सेन के सामने हाजिर करने की बात से असंभव और क्या हो सकता है?

मैं सोच रहा था कि मिस्टर सेन से मैं क्या कहूँगा? मिसेज सेन के प्रति

उनकी वफादारी और प्यार को प्रत्यक्ष करने के बाद उनकी पत्नी की बीमारी का कारण उन्हें बताना बिलकुल असंभव है। इसके अलावा मिस्टर सेन से मेरा व्यक्तिगत संबंध भी बहुत पुराना है। वह मेरे दोस्तों में से एक है। उन्हें उनकी पत्नी की अवैध संतान के बारे में मैं कैसे कुछ कह सकता हूँ?

सोचा था 'वेट एंड सी' वाली पॉलिसी ही मेरे लिए बेहतर होगी। अगर डॉ. बसु मल्लिक के इलाज से मिसेज सेन फिर से बातें करना शुरू कर देती है तो मुझे कटु सत्य नहीं कहना पड़ेगा।

लेकिन वास्तविक घटनाओं में एक ऐसा मोड़ आ गया ,जिसकी कल्पना तक मैं नहीं कर सका था।

आज शाम के वक्त मिस्टर सेन ने जैसे ही एक किशोर को लेकर मिसेज सेन के कमरे में प्रवेश किया, मिसेज सेन 'वह कौन है'? कहकर एक चीख लगाते हुए बेहोश हो गईं।

डॉ. बसु मल्लिक उस वक्त मिसेज सेन के कमरे में हाजिर थे। मिसेज सेन की चीख सुनकर वह बहुत खुश हो गए। उस किशोर को अपने साथ लेकर वह अपने चेंबर में चले गए।

मिसेज सेन को होश में लाने के लिए मैंने उचित प्रयास किया। उनको होश आते ही, मिस्टर सेन और नर्स को उनके केबिन में छोड़कर मैं डॉ. बसु मल्लिक के चेंबर में चला गया।

उस किशोर का नाम अयन बैनर्जी है। डॉ. बसु मल्लिक अपने बेजोड़ तरीके से प्रश्न पूछ-पूछकर मिसेज सेन के साथ उसके रिश्ते का पता लगा लिया।

उसने विस्तार से अपनी मानसिक उलझन, पटना के मिसेज सेन के पते को मालूम करना, मिस्टर सेन से परिचय के बाद स्वेच्छा से नर्सिंग होम आने तक की सारी बातें डॉ. बसु मल्लिक के प्रश्नों के जवाब में बता दिया। काफी प्रयास के बावजूद भी वह डॉक्टर से कुछ छिपा नहीं सका।

इंटरव्यू के वक्त मिसेज सेन के डॉ. बसु मल्लिक से हाहाकार करते हुए कहा था, "क्रूसा तो आयन को वापस पा गई थी, लेकिन मुझे तो मेरा आयन